Mark Stichler

Disney

Binny und der Geist

Madame Buh

Schneiderbuch
EGMONT

Diese Ausgabe erscheint 2014 bei Schneiderbuch
verlegt durch Egmont Verlagsgesellschaften mbH,
Gertrudenstraße 30–36, 50667 Köln

Umschlaggestaltung: Guter Punkt, München
Satz: Greiner & Reichel, Köln
Printed in the EU (675292)
ISBN: 978-3-505-13273-5

FSC MIX Papier FSC® C017859

Die EGMONT Verlagsgesellschaften gehören als Teil der EGMONT-Gruppe zur **EGMONT Foundation** – einer gemeinnützigen Stiftung, deren Ziel es ist, die sozialen, kulturellen und gesundheitlichen Lebensumstände von Kindern und Jugendlichen zu verbessern. Weitere ausführliche Informationen zur EGMONT Foundation unter: **www.egmont.com**

Inhalt

Madame Buh

Auf den Hund gekommen

Madame Buh

Großcousin Albert

Die Morgensonne schien durch die kleinen Fenster des Dachbodens der alten Villa, in die Binny erst vor Kurzem mit ihren Eltern eingezogen war. Dort oben herrschte immer noch reines Chaos. Koffer, Kisten, Lampen, alte Vorhänge … der Krimskrams von hundert Jahren war hier zu finden. Und alles lag kreuz und quer durcheinander und übereinandergestapelt, bis auf die Ecke, in der Melchior und Binny das Büro für ihre Geister-Detektei hergerichtet hatten. Der ganze Rest der Sachen – alter Plunder, so nannte es Wanda, Binnys Mutter, gerne – schlummerte weiter unter einer dicken Schicht Staub.

Zumindest fast der ganze Rest: Ab und zu benötigten Melchior oder Binny etwas davon für ihre Nachforschungen. So auch an diesem Morgen. Als Binny leise den Dachboden betrat, war Melchior bereits eifrig mit einer dicken Papierrolle beschäftigt. Immer wieder versuchte er das Ding aufzurollen und festzuhalten. Und genauso oft rollte sich das störrische Papier wieder zusammen oder es lag falsch herum auf dem Boden.

Binny beobachtete Melchior eine Weile. „Kann ich dir irgendwie helfen?", fragte sie schließlich amüsiert.

Melchior saß auf dem Boden und starrte verzweifelt auf die Papierrolle, die sich schon wieder zusammengerollt hatte. „Sieh dir das an", sagte er. „Man sollte meinen, dass man seine Ahnen als Geist besser im Griff hat."

„Ich glaube, *Griff* ist dein Problem", meinte Binny.

Als Geist konnte Melchior zwar durch Wände gehen, was manchmal unheimlich praktisch war, und er konnte Bilder von den Wänden fallen lassen. Aber etwas in die Hand nehmen und richtig festhalten, das war eher schwierig für ihn. Er war einfach komplett durchlässig und für alle Leute – außer Binny, dank der Taschenuhr – ja auch unsichtbar. Nur mit seinem kleinen Finger konnte er leichtere Gegenstände bewegen oder mal einen Knopf drücken. Aber die Papierrolle war dafür eindeutig zu widerspenstig.

Binny hob sie ohne Weiteres auf und hängte sie an eine alte Staffelei. Es handelte sich um ein uraltes Dokument, nämlich den Stammbaum der von und zu Pankes, Melchiors Familie, eines altehrwürdigen Adelsgeschlechts. Neben dem Stammbaum befestigte Binny mehrere Computerausdrucke mit Reißzwecken.

„Ich habe im Internet recherchiert", sagte sie und tippte auf die Zettel, ohne zu bedenken, dass Melchior mit dem Internet wenig anfangen konnte. Als er noch kein Geist war, sondern ein normaler vierzehnjähriger Junge, da ging man in die Bibliothek, um sich Informationen zu beschaffen. Man schrieb Briefe von Hand und mit Tinte auf schönes Papier. An Computer, Handys und Monitore dachte damals noch keiner.

Binny wusste, dass dieser moderne Kram Melchior nicht ganz geheuer war. Sie hatte ihm zwar schon einmal zu erklären versucht, um was es sich handelte, aber er hatte stets abgewinkt. Und doch hatte ihnen dieser moderne Kram schon bei der Aufklärung eines

Falles geholfen, zum Beispiel bei der Sache mit der geplünderten Spendenbox in ihrer Schule. Binny konnte sich damals das Skateboard von Tom, der sich als Täter entpuppte, nur holen, weil Melchior ihn mit dem Handy abgelenkt hatte. Und ohne die Lautsprecheranlage der Schulhausmeisterin wäre der Diebstahl des Geldes niemals aufgeklärt worden.

„Wir sind verabredet. Mit Luca“, sagte Binny schlicht und ohne weitere Erklärung.

Melchior, der Binny bis dahin interessiert zugesehen hatte, traute seinen Ohren nicht.

„Mit Luca?“, rief er beinahe entsetzt. „Ist dir vielleicht entfallen, dass wir schon eine Verabredung haben? Darf ich deiner Erinnerung ein wenig auf die Sprünge helfen? Wir wollten endlich herausfinden, was vor hundert Jahren mit meiner hochwerten Person passiert ist.“

Binny lächelte Melchior geduldig an. „Lucas Oma wohnt in einer sehr schönen Altersresidenz“, erklärte sie. „Hier ganz in der Nähe.“

Melchior stöhnte auf. Was interessierten ihn Luca, Omas und Altersresidenzen? Er wünschte, Binny würde seine Angelegenheiten endlich mal ein bisschen ernster nehmen. Nachdem sie ihren letzten Fall abgeschlossen hatten, waren sie sich doch einig gewesen, die Ursache seiner Geisterhaftigkeit zu ergründen.

Binny ließ sich nicht beirren. „Weißt du, wer da noch wohnt?", fragte sie und fuhr fort, ohne Melchiors Antwort abzuwarten: „Dein Großcousin Albert von und zu Panke." Sie blätterte in den Listen, die sie neben den Stammbaum gehängt hatte, und tippte auf einen Namen ganz am Ende. „Und genau den gehen wir jetzt besuchen. Na, was sagst du?"

Als sie sich umdrehte, war Melchior verschwunden.

„Melchior?", rief sie verwundert.

„Binny, was ist los? Wo bleibst du denn?", drang eine Stimme aus der Wand, und gleich darauf erschien Melchiors Kopf direkt durch seinen Familienstammbaum. Auf einmal hatte er es sehr eilig. „Komm schon, schnür die Gamaschen. Wir haben eine Verabredung."

Er war die ganzen hundert Jahre, die er als Geist in der alten, heruntergekommenen Villa zugebracht hatte, davon ausgegangen, dass er der letzte Freiherr von und zu Panke war. Dass in einer Seitenlinie der Familie bis heute noch weitere von und zu Pankes existierten, hätte er nie für möglich gehalten. Vielleicht kam nun endlich Licht in das Rätsel um seine Familie. Auf jeden

Fall hatte es in hundert Jahren noch nie eine so heiße Spur gegeben. Allerdings hatte er in hundert Jahren auch noch nie eine Verbündete wie Binny gehabt. Sie war ihm doch sehr hilfreich, auch wenn Melchior das nie zugegeben hätte …

Unten in der Eingangshalle der alten Villa sah es nicht viel besser aus als auf dem Dachboden. Überall lag Gerümpel herum, Reisetaschen, kleine Tischchen, Lampen, Umzugskartons und Farbeimer … und mitten in dem Chaos standen Binnys Eltern, Wanda und Ronald.

„Ich muss los!", rief Binny und sauste an ihnen vorbei. „Ich treffe mich mit Luca."

„Ach?", sagte ihre Mutter. „Grüß sie schön."

„Ja, viel Spaß." Ronald war mit den Gedanken woanders und winkte Binny nur flüchtig zu. Eigentlich versuchten die beiden, etwas Ordnung in das Umzugschaos zu bringen. Sie waren allerdings noch nicht sehr weit gekommen. Und Ronald ging es in Wirklichkeit auch um etwas ganz anderes.

„Mann", quengelte er, sobald Binny zur Tür hinaus war, „wo ist denn mein 83er-Trikot?"

„Ist das nicht in der Kiste mit deinem anderen Fußballkram?", fragte Wanda. Sie hatte jetzt keine Zeit, sich um Ronalds T-Shirts zu kümmern. Schließlich war sie mit Auspacken beschäftigt.

„Ja, vielleicht." Ronald warf ein paar Reisetaschen achtlos zur Seite, um an den Karton zu kommen.

Wanda hielt inne und sah ihm kurz zu. Sie schüttelte den Kopf und grinste spöttisch. „Ansonsten geh einfach immer der Nase nach, am Geruch müsstest du es auf jeden Fall erkennen", meinte sie.

Ronald stutzte. „Hey, hallo", sagte er, fassungslos über so viel Ignoranz. „In diesem Trikot hat Horst Hrubesch den HSV zur Meisterschaft geschossen. Das darf man nicht waschen."

Das musste als Erklärung genügen. Selbst Wanda sah im Grunde ein, dass es der Entweihung eines Heiligtums gleichkäme, so ein bedeutendes Trikot zu waschen, auch wenn es nach dreißig Jahren einen etwas, nun ja, speziellen Geruch angenommen hatte.

Wanda verdrehte die Augen und sagte nichts mehr. Es hatte ja sowieso keinen Zweck.

„Hey, da drin ist es auch nicht", meinte Ronald nach einer kurzen Pause, in der er den Karton auf den Kopf gestellt hatte. Er klang trotzig wie ein kleiner Junge. „Was soll ich denn dann morgen anziehen?"

„Morgen?“ Wanda traute ihren Ohren nicht. Sie starrte Ronald entsetzt an.

„Ja.“ Ronald zuckte unschuldig mit den Schultern.

„Morgen grillen wir bei den neuen Nachbarn“, sagte Wanda streng.

„Ja, wir grillen und schauen Fußball“, bestätigte Ronald. „Der HSV spielt. Was gäbe es denn da Passenderes, als dieses Trikot anzuziehen?“

„Nein“, sagte Wanda tonlos. „Bitte nicht …“

„Doch“, erwiderte Ronald. „So, ich sehe mal in der Garage nach.“ Damit verschwand er und ließ seine Frau allein in dem Chaos stehen.

Wanda stöhnte leise. Das durfte ja wohl nicht wahr sein! Ronald wollte tatsächlich dieses verschwitzte, alte Ding anziehen … Beim ersten Treffen mit den Nachbarn. Was würde denn das für einen Eindruck machen? Aber das war den Männern ja egal … Oder zumindest *ihrem* Mann …

Angestrengt öffnete Wanda die nächste Kiste und kramte darin herum. Auf einmal hielt sie inne. War das möglich? Da, zwischen einem Stapel von Pullovern und T-Shirts, lag das alte Fußballtrikot von Horst Hrubesch. Das so verzweifelt gesuchte 83er-Meisterschaftstrikot, von Wanda nur als ‚das alte, stinkende

Ding' bezeichnet. Mit spitzen Fingern zog sie es heraus.

„Ronald?", rief sie automatisch. Doch dann stockte sie. Wenn das kein Wink des Schicksals war, dass sie das Trikot gefunden hatte und nicht Ronald? Ihr war ein Gedanke gekommen. Ein brillanter Gedanke: Was der Mann nicht weiß, macht ihn nicht heiß. Oder anders gesagt: Wenn Ronald das Trikot nicht finden würde, könnte er es morgen auch nicht zum Grillen mit den Nachbarn anziehen …

„Ja?", hörte sie ihn von draußen aus der Garage rufen.

„Ach, nichts!", rief sie zurück und sagte leise für sich: „Sorry, Horst, aber nicht beim Kennenlernen-Grillen mit den Nachbarn."

Jetzt musste sie nur noch ein geeignetes Versteck für das Ding finden.

Lucas Oma lebte wirklich in einer sehr schönen Altersresidenz. Die Villa lag etwas außerhalb der Stadt, mitten in einem großen Garten. Ein Weg durch die Wiesen führte an alten Bäumen vorbei ans Ufer eines Sees. Binny hatte Luca versprochen, ihr und ihrer Oma bei den Vorbereitungen für das jährliche Sommerfest zu helfen. Die beiden betraten das Haus. Im Schlepptau hatten sie Melchior, von dem Luca natürlich nichts ahnte.

„Das muss man ihm lassen", sagte Melchior beeindruckt. „Mein Großcousin wohnt mit Stil."

Sie gingen am Empfang vorbei und in den eleganten Speisesaal, in dem einige Bewohner gerade bei Kaffee und Kuchen saßen. Es war ein heller, lichter Raum mit einem Kronleuchter an der Decke und großen Fenstern, durch die hell die Mittagssonne schien.

„Hey, Oma!", rief Luca. Von einem der Tische erhob sich eine freundlich aussehende, ältere Dame mit weißen Haaren. Sie sah noch gar nicht so alt aus, fand Binny, und war mit Jeans und Bluse auch ziemlich modern gekleidet.

Lucas Oma nahm ihre Enkelin in den Arm. „Ach, schön, dass du da bist, Luca." Sie strahlte Binny an und hielt ihr die Hand hin. „Und das ist deine Freundin Benny?"

„Binny", erwiderte Binny lächelnd und nahm ihre Hand. „Hallo, Frau Schuster."

„Es ist toll, dass ihr bei den Vorbereitungen fürs Sommerfest helft", fuhr Lucas Oma fort. Als kleines

Dankeschön vorab kramte sie für jedes der Mädchen eine Praline aus ihrer Tasche.

„Das muss er sein", sagte Melchior auf einmal und reckte den Hals. „Gepflegt, charmant, eindeutig ein von und zu Panke." Von der Terrasse kam ein hochgewachsener, weißhaariger Herr in den Speisesaal. Er sah tatsächlich sehr elegant aus, trug einen braunen Anzug und einen Schlips. In seiner Begleitung befanden sich zwei ältere Damen, die an seinen Lippen hingen und auf jedes Wort lauschten, das er sagte. Er musste gerade eben einen gelungenen Scherz gemacht haben, denn die beiden lachten herzlich und blickten ihn bewundernd an.

Binny schmunzelte. Das war ja klar, dass Melchior sich prompt diesen Herrn zu seinem Vorfahren erkoren hatte.

„Das ist kein Brot, das ist eine Zumutung!", schrie plötzlich ein kleiner, untersetzter Herr an einem anderen Tisch und warf mit einem Stück Brot nach dem Kellner.

Alle im Speisesaal drehten sich erschrocken um. Die Unterhaltung verstummte schlagartig. Der Kellner duckte sich und sah den Herrn empört an. Der kümmerte sich allerdings weder um den Kellner noch um die Herrschaften an den anderen Tischen. Mit mürrischem Gesicht starrte er auf seinen Teller. Der Kellner schüttelte den Kopf und ging weiter.

„Der alte von und zu Panke hat mal wieder einen Meckeranfall“, sagte Lucas Oma.

„*Eindeutig* ein von und zu Panke“, sagte Binny leise zu Melchior und grinste breit.

Melchior traute seinen Ohren nicht. Dieses kleine, schlecht gelaunte Rumpelstilzchen sollte sein Großcousin Albert sein? Albert von und zu Panke? Das konnte doch nicht wahr sein …

„Ich helfe Oma in der Küche“, meinte Luca, ohne den Vorfall weiter zu beachten. „Kümmerst du dich um die Pavillons im Garten?“

„Ja, mache ich“, sagte Binny. „Bis später.“ Sie winkte Luca hinterher.

Melchior starrte seinen Großcousin immer noch mit offenem Mund an. „Aber …“, brachte er schließlich hervor. Er konnte den Blick nicht von dem alten Mann abwenden, der mit verkniffenem Gesicht an seinem Tisch saß. „Oh nein.“

Binny schüttelte den Kopf und ging todesmutig zu Großcousin Albert hinüber. So schlimm wird es schon nicht werden, dachte sie. Schließlich waren sie gekommen, um mehr über Melchior und seine Eltern herauszufinden. Und der Einzige, der ihnen dabei helfen konnte, war wahrscheinlich sein Großcousin.

„Hallo. Herr von und zu Panke?", fragte sie höflich.

„Will *wer* wissen?", fragte der Alte mit zänkischer Stimme zurück und musterte Binny von oben bis unten.

„Ich bin Binny Baumann", stellte sich Binny vor. „Ich und meine Eltern sind vor Kurzem in die alte Villa am Halbmondweg eingezogen."

„Und?", schnarrte Albert von und zu Panke. „Willste jetzt ein Einzugsgeschenk von mir?"

„Nein … nein", stotterte Binny verunsichert. Es schien so, als sei Melchiors Großcousin einfach immer schlecht gelaunt. Wie konnte man nur so unhöflich sein? „Ich dachte nur … Stimmt es, dass die Villa in Ihrem Familienbesitz war?"

„Was geht das dich an, du Naseweis?", rief Herr von und zu Panke ärgerlich.

Binny starrte ihn fassungslos an. „Aber ich will doch nur …"

„Ich will, ich will, ich will!", schrie der Alte aus heiterem Himmel los. „Aber ich will nicht. Jedenfalls nicht meine wertvolle Zeit mit dämlichem Gequatsche verplempern." Damit stand er auf, nahm seinen Gehstock und marschierte einfach davon.

„Wow", stammelte Binny und holte erst einmal Luft. „Ist der unfreundlich."

Melchior hatte die kurze, aber heftige Unterhaltung zwischen Binny und Albert von und zu Panke gespannt beobachtet. Ein unhöflicherer Mensch als sein Großcousin war ihm mit Sicherheit auch noch nie begegnet. Aber das war jetzt zweitrangig. Binny musste unbedingt etwas über seine Familie in Erfahrung bringen. Egal was, jede Kleinigkeit konnte hilfreich sein.

„Geh hinterher", rief er aufgeregt. „Frag ihn nach meinen Eltern … nach *mir* … Mach schon."

„So, wie der gelaunt ist, hat das im Moment ja wohl keinen Sinn. Tut mir leid." Binny dachte nicht daran, dem Alten zu folgen und sich noch einmal so abkanzeln zu lassen. Sie ließ Melchior stehen und ging hinaus in den Garten.

Melchior sah seinem Großcousin traurig hinterher. Warum musste auch immer alles so kompliziert sein?

Noch mehr Geister

Im Garten waren zwischen den alten Bäumen nahe dem See schon einige Pavillons und Zelte für das diesjährige Sommerfest der Seniorenresidenz aufgebaut. Aber es standen noch viele Kartons mit Luftballons, Lichterketten und Lampions herum, die aufgehängt werden mussten. Binny beschloss, zuerst eine der Lichterketten zwischen den Zelten und Bäumen zu spannen. Das war allerdings leichter gesagt als getan: Sie kletterte auf eine Leiter und versuchte das Kabel, an dem Glühbirnen und Wimpel hingen, an einem Ast festzumachen. Aber das Ding war ganz schön störrisch und ließ sich nicht um die Äste schlingen. Binny hatte es fast geschafft, als ihr die Rolle Klebeband hinunterfiel, mit dem sie das Ganze befestigen wollte. Sie seufzte verzweifelt. So langsam bereute sie ihre Hilfsbereitschaft. Was sie für Melchior alles auf sich nahm … Erst sein meckernder Großcousin und jetzt diese widerspenstige Lichterkette.

Doch auf einmal geschah etwas Merkwürdiges: Die Glühbirnen fingen an zu flackern und zu leuchten. Binny sah sich verwundert um. Sie hatte den Stecker doch noch gar nicht eingesteckt … Dahinter konnte eigentlich nur Melchior stecken. Wenn er sich nicht gerade mit seiner Vergangenheit beschäftigte, dann hatte er am meisten Spaß daran, Binny zu erschrecken.

Aber von Melchior war keine Spur zu sehen. Überhaupt war niemand unterwegs. Nur unten am Ufer des Sees ging eine nachdenkliche ältere Dame spazieren. Binny zuckte mit den Schultern. Und so plötzlich, wie die Glühbirnen zu leuchten angefangen hatten, gingen sie auch wieder aus.

„Entschuldigung?", rief Binny und versuchte die ältere Dame auf sich aufmerksam zu machen. Sie stand immer noch auf der Leiter und hielt die Lichterkette fest. „Können Sie mir vielleicht helfen?"

Die Dame reagierte nicht. Sie war am Ufer stehen geblieben und sah gedankenverloren auf den See hinaus.

„Hallo?", rief Binny noch einmal aus Leibeskräften. Es würden doch nicht alle Bewohner außer Lucas Oma so unhöflich sein wie Albert von und zu Panke?

Endlich drehte sich die Dame um und sah sie an. Binny lächelte freundlich.

„Sprichst du mit mir, mein Kind?", fragte die Dame verwundert. Plötzlich flackerten die Glühbirnen wieder unstet.

„Ja", sagte Binny. Was für eine seltsame Frage. Als ob sonst noch jemand zu sehen gewesen wäre. „Wenn Sie mir kurz helfen könnten ...?"

Die ältere Dame kam erstaunt näher und starrte Binny an, als wäre sie das achte Weltwunder.

„Hallo?", sagte sie schließlich und wedelte mit der Hand herum, fast so, wie Binny es bei ihrer ersten Begegnung mit Melchior getan hatte.

„Ja, hallo", erwiderte Binny. „Also, mir ist das Klebeband runtergefallen, es liegt da unter der Leiter. Könnten Sie mir das kurz ..." Weiter kam sie nicht.

„Du bist ein ganz außergewöhnliches Mädchen", unterbrach die Dame sie aufgeregt. „Geh nicht weg, hörst du?" Und damit ließ sie Binny einfach auf ihrer Leiter stehen und eilte davon.

„Aber ... Hallo? Können Sie mir vorher vielleicht

ganz kurz … Hallo?" Binny beugte sich nach vorne und sah der Frau erstaunt hinterher. Dabei glitt ihr die Lichterkette aus der Hand. Erschrocken wollte Binny danach greifen, aber es war zu spät. Sie krachte herunter und ein paar der Glühbirnen gingen splitternd zu Bruch. Bei dem Versuch, sie zu fangen, hatte Binny das Gleichgewicht verloren. Sie wedelte verzweifelt mit den Armen, aber es war zu spät und sie flog der Lichterkette hinterher ins Gras …

Mühsam rappelte sich Binny zwischen all den Girlanden, Lichterketten und Luftballons wieder auf. Ihr war nichts passiert, sah man mal von ihrem leicht angeknacksten Stolz ab. Na prima, dachte sie. Jetzt kann ich von vorne anfangen …

„Ist sie das?", hörte sie auf einmal eine aufgeregte, etwas raue Frauenstimme in ihrem Rücken. Die Dame von vorhin hatte Verstärkung geholt, einen Mann und eine Frau. Binny war kurz erschrocken, als die drei wie aus heiterem Himmel aufgetaucht waren. Es war fast wie bei Melchior, wenn er plötzlich ohne Vorwarnung durch die Wand kam.

„Das ist ja ganz großartig, dass du da bist!", rief die Frau neben der älteren Dame begeistert und zog ihre Strickjacke enger um sich. „Du musst uns helfen."

Binny rappelte sich auf. „Also …“, sagte sie, „auch wenn es gerade nicht so aussieht, war ich, ehrlich gesagt, schon dabei zu helfen. Ich wollte die Lichterkette aufhängen. Aber dann ist mir das Klebeband runtergefallen und, na ja …“ Binny versuchte sich aus den Schlingen der Lichterkette zu befreien. Hilfe suchend sah sie die drei an. „Könnte mir einer von Ihnen vielleicht helfen?“, fragte sie.

Die drei blickten sich unschlüssig an, ohne einen Finger zu rühren.

„Also, Solidarität wird hier wohl nicht besonders großgeschrieben, wie?“ Binny wurde so langsam ein bisschen ärgerlich. Beklagten sich sonst nicht die älteren Leute über die mangelnde Hilfsbereitschaft der Jugend? Zumindest in dieser Seniorenresidenz schien das genau umgekehrt zu sein.

„Na ja, das ist nicht so einfach …“, begann der Mann, ein kräftiger Kerl mit einer Schiebermütze.

„Hartmut“, unterbrach die Frau in der Strickjacke ihn energisch, „du kannst ihr doch nicht einfach sagen, wie es ist …“ Sie sah Hartmut streng an. „Also, mein liebes Kind“, fuhr sie fort. „Du darfst dich jetzt nicht erschrecken. Wir sind …“, sagte die Frau.

Doch anstatt ihre weitere Erklärung abzuwarten,

wedelte Hartmut plötzlich mit der Hand durch die Lichterkette. Binny blieb der Mund offen stehen. Er konnte einfach hindurchfassen. Er war genauso durchlässig wie Melchior … Das konnte nur bedeuten …

„Geister …?", rief sie verblüfft.

„Ja", bestätigte die Frau. Die ältere Dame neben ihr lachte.

„Oh, Mann." Es gab also noch mehr von Melchiors Sorte. Binny konnte es gar nicht glauben. Aber da standen die drei direkt vor ihr. Es gab keinen Zweifel.

„Endlich jemand, der uns sehen kann", sagte die Frau erleichtert. Doch dann wurde sie plötzlich wütend: „*Sie* behauptet auch, dass sie uns sehen kann. Das kann sie aber gar nicht. Sie ist …"

„Hallo?", unterbrach Binny. Von was redeten die drei nur? „Jetzt mal ganz langsam für Nicht-Geister. Wer kann wen nicht sehen?"

Die drei Geister sahen sich an. Natürlich, Binny konnte ja gar nicht wissen, von wem sie redeten.

„Sie nennt sich Madame Buhgalkowski", erklärte die Dame, die Binny vorhin zuerst am See gesehen hatte. „Aber wir nennen sie nur Madame Buh."

„Ja, genau", ergänzte Hartmut aufgeregt. „Und sie hat zu meiner Frau gesagt, dass ich ihre blauen Haare lieben würde. Dabei finde ich sie extrem scheußlich damit."

„Sie erzählt nur Lügen", rief die ältere Dame verärgert. „Sie hält hier mit den Leuten von der Seniorenresidenz ständig ihre sogenannten Séancen ab. Dabei beschwört sie angeblich die Geister der Verstorbenen und richtet Botschaften an die Lebenden aus. Aber alles, was sie sagt, ist Unsinn, erfunden und erlogen. Und wir fragen uns, warum."

„Sie ist eine ganz ..." Die Frau in der Strickjacke konnte sich gerade noch beherrschen, sonst wäre ihr womöglich eine böse Beleidigung über die Lippen gekommen. Aber angesichts der älteren Dame, die von den dreien offensichtlich die Vornehmste war, hielt sie sich zurück. „... eine ganz dubiose Person", ergänzte sie. „Und du musst uns helfen, sie loszuwerden."

Binny sah die drei Geister zweifelnd an.

Während sich Binny mit der Lichterkette abmühte und neue Geisterbekanntschaften schloss, stand Melchior im altmodisch eingerichteten Zimmer seines Großcousins. Die Fenster waren abgedunkelt und trotz des hellen Nachmittags draußen brannte auf dem Tisch eine alte Lampe, die nur wenig Licht gab. Albert von und zu Panke saß in seinem alten Ohrensessel und blickte mürrisch drein.

„Den ganzen Tag dieses alberne Geplapper", seufzte er und nahm die Fotografie einer vornehmen, freundlich lächelnden Dame vom Tisch. „Ach, Margarita." Er streichelte das Bild liebevoll. „Mit dir konnte ich wenigstens reden. Wie ich dich vermisse."

Melchior trat hinter seinen Großcousin und betrachtete das Bild. Das musste Alberts Frau gewesen sein … Wahrscheinlich war sie schon vor längerer Zeit gestorben. Aber Albert kam einfach nicht über ihren Verlust hinweg. Möglicherweise machte sein Schmerz ihn zu einem solchen Ekel. Denn als er mit der Fotografie gesprochen hatte, da hatte seine Stimme auf einmal ganz sanft geklungen. Sicher steckte in dieser spröden Schale ein weicher Kern. Man musste die Schale nur knacken …

Melchior hatte genug gesehen. Er machte auf dem Absatz kehrt, um Binny zu suchen. Es dauerte nicht lange, bis er sie unten im Garten beim See fand. Sie plauderte mit drei älteren Herrschaften aus der Seniorenresidenz.

„Binny!", rief Melchior aufgeregt. „Ich weiß jetzt, warum mein Großcousin Albert immer so schlecht ge…" Er stockte mitten im Satz und betrachtete die drei Herrschaften. Sie sahen ihm lächelnd ins Gesicht, fast so, als könnten sie ihn sehen. Aber das war doch unmöglich. Nur Binny konnte ihn sehen. Das würde ja bedeuten …

„A … aber, das ist doch …", stotterte er.

„Wenn ich mich vorstellen darf", sagte die ältere Dame höflich. „Mein Name ist Margarita von und zu Panke."

Melchior lächelte ungläubig und sah Binny verständnislos an. Doch dann erkannte er die Frau. Er hatte sie gerade eben tatsächlich auf dem Foto seines Großcousins Albert gesehen.

„Ich bin Ilse Schultz", sagte die Frau mit der rauen Stimme und der Strickjacke zackig. „Mit tz."

„Ja, und ich bin Hartmut", meinte Hartmut einfach.

„Geisterkollegen!", rief Melchior entzückt.

Zu Hause in der Villa schlug sich Binnys Mutter mit ganz anderen Problemen herum. Sie war verzweifelt auf der Suche nach einem Versteck für Ronalds miefendes Meisterschaftstrikot. Eilig hatte sie es zurück in den Karton gesteckt und irrte damit durchs Haus. Aber kein Platz schien ihr sicher genug, um der Aufmerksamkeit ihres Mannes zu entgehen. Schließlich versuchte sie es auf dem Dachboden. Aber dort rannte sie Ronald direkt in die Arme.

„Hey", sagte er. Er hatte die Suche nach dem Trikot offenbar kurzfristig abgeblasen. „Ist die Kiste auch für hier oben?" Hilfsbereit wollte er ihr den Karton abnehmen. Aber Wanda ließ nicht los.

„Ich … frage mich nur …, ob wir vielleicht die Kisten … anders ordnen sollten", stammelte sie nervös. Ronald zog erneut an dem Karton, aber Wanda ließ wieder nicht los.

„Wie denn?", fragte er und sah seine Frau verwundert an.

Sie überlegte. „Alphabetisch?", meinte sie trotzig. Das war zwar Unsinn, aber auf die Schnelle fiel ihr nichts Besseres ein.

Ronald zog wieder an dem Karton. Keine Chance. Wanda ließ einfach nicht los. Er zuckte mit den Schultern und gab auf. „Okay", seufzte er und fing an, die Kartons umzustapeln. Zwar konnte er den Sinn der Sache auch nicht erkennen, aber wenn Wanda sich einmal etwas in den Kopf gesetzt hatte, hatte es seiner Meinung nach sowieso keinen Sinn, ihr zu widersprechen. Und ob alphabetisch oder nach der Größe der

Kisten oder nach welchem System auch immer … das war Ronald eigentlich egal. Der Dachboden war groß genug, um jede Kiste einzeln nebeneinanderzustellen. Hm, dachte er, gar keine schlechte Idee. Vielleicht finde ich so mein Trikot wieder.

Wanda verschwand eilig in einem abgelegenen Teil des Dachbodens, wo ihr Mann sie nicht sehen konnte. Dort öffnete sie den Karton und zog das alte Trikot heraus. Jetzt musste es schnell gehen. Wo, um Himmels willen, sollte sie das alte Ding nur verstauen, damit er es auf keinen Fall finden konnte?

„Ähm, Wanda?“, rief Ronald auf einmal ganz in ihrer Nähe. Binnys Mutter fuhr erschrocken herum und schleuderte das Trikot in Panik mit einem gezielten Wurf aus der Dachluke. Von dort schwebte es den ganzen langen Weg bis nach unten und verfing sich schließlich an den Spitzen des schmiedeeisernen Zauns, der die alte Villa umschloss.

„Oh, nein“, stöhnte Wanda und sah dem Trikot nach. Das war doch nicht zum Aushalten. Sie hatte doch nur gewollt, dass ihr Mann das Ding morgen nicht zum Grillen trug. Aber wenn es wirklich weg wäre … Ronald wäre untröstlich. Das konnte sie nicht verantworten.

„Was heißt hier ‚Oh, nein'?", fragte Ronald. Er trug gerade einen schweren, vollgepackten Karton hinüber zu dem Stapel, den er angefangen hatte. „Du wolltest doch, dass ich die Sachen alphabetisch ordne. Jetzt hilf mir bitte mal und zieh die Kiste mit C wie Campingsachen da unten raus." Er deutete mit dem Kinn nach unten auf den Boden.

Wanda sah ihn verzweifelt an. Sie konnte nur hoffen, dass das Trikot nachher noch unten am Zaun hing. Auf jeden Fall war es ganz unmöglich, Ronald jetzt zu verraten, dass sie es aus dem Fenster geworfen hatte. Er wäre stinksauer … Und vor allem: Aus Trotz würde er das Trikot morgen erst recht tragen wollen.

Mühsam setzte sie ein Lächeln auf. „Weißt du was? Eigentlich war es doch super, wie du die Kartons geordnet hast. Mach doch einfach weiter so. Du machst das ganz toll." Damit gab sie ihm einen dicken Kuss und rannte nach unten.

Ronald sah ihr entgeistert nach. Das konnte doch nicht ihr Ernst sein. Irgendetwas war da im Busch. Aber er wusste beim besten Willen nicht, was. Er schüttelte den Kopf. Frauen … Er würde nie schlau aus ihnen werden.

Wanda stürmte die Treppe hinunter und aus dem Haus. Vom Garten aus suchte sie die Dachluke, aus der das Trikot gesegelt war, und schlug sich durchs Gebüsch bis zu der Stelle, an der es gelandet sein musste. Aber Fehlanzeige. Es hing weder am Zaun, noch lag es in den Büschen. Und auch auf dem Gehweg vor der Villa war es nicht zu finden. Wanda war am Verzweifeln.

„So ein Mist", fluchte sie vor sich hin und suchte noch einmal alles ab. „Das Ding muss doch hier irgendwo sein."

Aber es gab keine Spur von dem Trikot. Es war schlicht und ergreifend verschwunden.

Die Uhrenhüter

„Wir hatten gehofft, von meinem Großcousin Albert mehr darüber zu erfahren, was mit meinen Eltern und mir vor hundert Jahren passiert ist." Melchior saß mit Binny und seinen neuen Geisterbekannten Margarita von und zu Panke und Ilse Schultz um einen Tisch, der in einem Nebenzimmer des Speisesaals der Seniorenresidenz stand. Um diese Zeit war dort nichts los. Die Kaffeezeit war vorüber, fürs Abendessen war es noch zu früh und sie waren unter sich, sah man einmal von einem Kellner ab, der nebenan die Tische deckte.

„Es tut mir sehr leid", sagte Margarita und zuckte bedauernd mit den Schultern. „Aber damals war Albert ja noch nicht einmal geboren. Und ich natürlich auch nicht. Hundert Jahre sind eine lange Zeit."

Ilse Schultz tätschelte ihr beruhigend die Hand. „Ach, das ist doch nicht so schlimm", sagte sie. Hundert Jahre, das schien auch für sie eine beinahe unvorstellbare Zeit zu sein. Sie war ihrer Kleidung nach zu urteilen jedenfalls noch nicht lange ein Geist. Die Strickjacke und die Jeans, die sie trug, waren einfach zu modern.

„Sie haben recht. Nach hundert Jahren gibt es einfach niemanden mehr, den wir dazu befragen können", meinte Binny.

Melchior ließ den Kopf hängen. Er hatte sich von dem Besuch bei seinem Großcousin wesentlich mehr versprochen. Wenigstens einen kleinen Anhaltspunkt, denn er selbst hatte ja jegliche Erinnerung an die Vorfälle damals verloren.

„Befragen vielleicht nicht", sagte Margarita plötzlich. „Aber … ich habe so eine Ahnung, was damals geschehen sein könnte."

Der Ton in ihrer Stimme ließ Melchior aufhorchen. Vielleicht war der Besuch in der Seniorenresidenz ja doch nicht umsonst gewesen?

„Ja?", fragte er hoffnungsvoll und sah Margarita aufmerksam an.

„Kannst du dich erinnern", fuhr die Geisterfrau an Binny gewandt fort, „dass du etwas gefunden hast, als ihr in die alte Villa der von und zu Pankes eingezogen seid?"

Binny nickte.

„Eine Uhr?", fragte Margarita weiter.

Binny kramte in ihrer Tasche und zog schließlich Melchiors Uhr hervor.

„Meine Taschenuhr", sagte Melchior. „Aber was hat das mit mir und meinen Eltern zu tun?"

Margarita schwieg und sah ihn einen Augenblick feierlich an. „Es ist doch bestimmt etwas passiert, als Binny den Deckel der Uhr geöffnet hat, nicht wahr?"

„Ja", sagte Binny leise. „Es waren schon vorher ein paar merkwürdige Dinge passiert …" Sie schaute Melchior an und dachte an den Blasebalg, über den sie gestolpert war, und an das Schaukelpferd in ihrem Zimmer, das plötzlich angefangen hatte zu wippen. „Und dann fand ich die Uhr, öffnete sie und Melchior erschien wie aus dem Nichts."

Margarita nickte wissend. „Das habe ich mir gedacht." Sie machte eine Pause. „Deine Eltern waren Uhrenhüter", fuhr sie dann an Melchior gerichtet fort. „Und du hättest eines Tages auch einer werden sollen."

„Ein *was?*", riefen alle Anwesenden erstaunt.

Bei diesem Ausruf wurde der Kellner im Speisesaal auf Binny aufmerksam. Erstaunt hob er den Kopf. Binny wurde schlagartig klar, dass er ja nur sie sehen und hören konnte! Ein Mädchen, das ganz allein am Tisch saß und Selbstgespräche führte. Alle anderen waren unsichtbar. Verlegen lächelte sie und nahm sich vor, künftig besser aufzupassen. Sonst würden die Leute irgendwann noch an ihrem Verstand zweifeln. Und seit sie Melchior kennengelernt hatte, war ihr das selbst schon so manches Mal passiert.

„Ein Hüter der Uhr", erklärte Margarita währenddessen. „Diese Uhr ist etwas ganz Besonderes. Wer den Deckel öffnet, der öffnet damit auch ein Fenster zur Geisterwelt. Das funktioniert aber nur, solange derjenige sie in seinem Besitz hat. Gibt er sie weiter, dann schließt sich das Fenster für ihn."

„Aber was bedeutet das?", fragte Melchior aufgeregt. „Was bedeutet es, dass ich ein Uhrenhüter hätte werden sollen? Und, vor allem …"

Weiter kam er nicht. Hartmut rannte auf einmal trotz seiner beachtlichen Leibesfülle mit einem bemerkenswerten Tempo in den Raum und unterbrach Melchior unsanft.

„He, he, he!", rief er. „Jetzt hört mal auf mit dem Geplänkel. Die Madame ist im Anmarsch."

Madame? Melchior, Binny und Ilse waren von Margaritas Erzählung so gefangen gewesen, dass sie die mysteriöse Madame Buh und ihre sogenannten Geisterbeschwörungen ganz vergessen hatten. Aber Hartmut nicht. Er hatte Schmiere gestanden und ihre Ankunft abgepasst.

„So, ihr beiden, kommt jetzt mal mit, damit ihr euch das Tohuwabohu von der Madame selber anschauen könnt. Los geht's."

Melchior seufzte. Gerade jetzt kam ihm das gar nicht gelegen. Doch die anderen folgten Hartmut, also stand auch Melchior schweren Herzens auf und ging nach nebenan.

Der Auftritt von Madame war in der Tat sehenswert. Sie hatte einen großen, seidenen Turban auf dem Kopf und war geschmückt mit einem Diadem, großen Ohrringen und einer dicken Kette. Sie sprach sehr salbungsvoll und etwas gebrochen mit einem osteuropäischen Akzent. Auf ihrer Nase, die sie ab und zu rümpfte, als würde etwas ganz schrecklich riechen, prangte unübersehbar eine schwarze Warze.

„Willkooommen“, sagte sie gedehnt und sah huldvoll in die Runde. Am Tisch saßen Lucas Oma, ein Herr in einem altmodischen Jackett und eine ältere Dame mit einer seltsamen, schwer definierbaren Haarfarbe. Auf dem Tisch vor Madame Buh lag eine große Glaskugel.

„Willkooommen, liebe, liebe Freunde, zu unserrre heutige Sitzung. Ich hoffe, Geister werrrde zahlreich erscheinen.“ Aus ihren großen, dunkel geschminkten Augen warf Madame einen gefühlvollen Blick zur Decke.

Hartmut, Ilse und Margarita standen an der Tür und konnten sich ein Kichern nicht verkneifen.

Melchior postierte sich direkt vor der vermeintlichen Geisterseherin und winkte kräftig. „Hallo!“, rief er. „Die Geister sind bereits recht zahlreich erschienen.“ Er schnitt Madame Buh ein paar Grimassen, die er wohl kaum auf der Adelsschule gelernt hatte.

Doch Madame zeigte keinerlei Reaktion und es war ganz klar: Diese Hellseherin konnte Geister genauso wenig sehen, wie Melchior sich den Kopf an der Tischkante stoßen konnte.

Ilse, Margarita und Hartmut lachten laut.

„Die ist so geisterblind, wie meine Frau offensichtlich farbenblind ist", meinte Hartmut. Seine Frau, das konnte eigentlich nur die ältere Dame sein, deren Haare im Zwielicht in einem unheimlichen giftigblauen Ton schimmerten.

„Und was macht sie jetzt?", fragte Binny erstaunt. Sie hatte sich mit den Geistern hinter dem Türpfosten verschanzt, damit Madame Buh sie nicht sehen konnte.

„Sie lässt sich immer ein altes Schmuckstück geben", sagte Margarita.

Lucas Oma, Frau Schuster, hatte eine Schmuckschatulle hervorgeholt und gab Madame Buh eine wertvolle, alte Kette mit einer Perle. Doch als sie ihr mehr geben wollte, lehnte die Geisterseherin würdevoll ab.

„Ja", ergänzte Ilse und machte Madame Buhs salbungsvolle Stimme nach. „Das ist ihre Verbindung ... zum Geisterreich."

Wieder brachen alle in Lachen aus und Binny musste aufpassen, dass sie nicht zu laut mitlachte und sich damit verriet. Sie war ja die Einzige, die gehört werden konnte.

Madame Buh begann mit ihrer Vorstellung. Sie legte Frau Schusters Kette auf die Glaskugel und ließ ihre Hände darüber kreisen, erst langsam, dann schneller, und murmelte leise etwas Unverständliches vor sich hin. Alle verfolgten gespannt jede ihrer Bewegungen. Nach kurzer Zeit schüttelte es sie auf einmal und ihre Beschwörungen wurden lauter. Es war, als würde etwas von ihr Besitz ergreifen, eine Kraft, die sie nur schwer unter Kontrolle halten konnte. Sie fing an zu zittern und unzusammenhängend zu stottern, bis sie plötzlich einen lauten Schrei ausstieß. Alle fuhren erschrocken zusammen.

Madame Buh schluckte und schloss die Augen. „Habe … Verbindung“, verkündete sie schließlich etwas heiser und sog tief Luft durch die Nase ein.

„Kann es nicht sein, dass sie hinter dem Schmuck her ist?“, fragte Binny, auf die Madame Buhs Vorführung nur wenig Eindruck machte.

„Ja, aber sie gibt immer alles wieder zurück“, sagte Ilse.

„Aber was will sie denn dann?“ Hartmut war am Verzweifeln. Es konnte doch nicht Madame Buhs Ziel sein, seiner Frau weiszumachen, er würde diese grässliche Haarfarbe schön finden. Dafür wäre der Aufwand, den sie trieb, wirklich zu groß.

„Tja, um das herauszufinden, bedarf es einer kleinen Geisterheimsuchung“, sagte Melchior und sah die anderen spitzbübisch an. Während Madame Buhs Beschwörungszeremonie war ihm eine großartige Idee gekommen.

Melchiors Plan war einfach, versprach aber einigen Aufschluss über die Absichten der mysteriösen Geisterseherin. Nach der Séance in der Seniorenresidenz verfolgten Binny und Melchior Madame Buh bis zu ihrer Wohnung, um mehr über sie herauszufinden. Das Gebäude, in dem sie lebte, sah mehr nach einer alten Fabrik aus als nach einem Wohnhaus.

Kaum war Madame Buh im Haus verschwunden, kamen Binny und Melchior aus ihrem Versteck und rannten zur Tür. Binny zeigte auf eins der Klingelschilder. „Buhgalkowski" stand darauf geschrieben.

„Bist du bereit?", fragte sie Melchior. „Du musst dich genau umsehen. Wir brauchen zumindest irgendeinen Hinweis."

„Hey, das ist nicht mein erster Fall", sagte Melchior großspurig. „Sondern mein …", er überlegte kurz, „… mein dritter."

Binny sah ihn mitleidig an. Als ob sie das nicht wüsste. Von großer Erfahrung konnte man da jedenfalls noch nicht sprechen.

„Na ja, um mich brauchst du dir auf jeden Fall keine Sorgen zu machen. Ich bin für jede Situation bestens gerüstet." Damit verschwand Melchior durch die Tür, um wenig später … direkt aus Madame Buhs Schminkspiegel wieder aufzutauchen.

„Uaaahhh!", schrie er entsetzt. Madame Buh saß vor dem Spiegel und war gerade dabei, sich die dicke, hässliche Warze von der Nase zu ziehen. Dann wischte sie sich mit ziemlich gruseligen Grimassen die Schminke ab.

Angewidert verzog Melchior das Gesicht. Diesen Anblick hätte er sich gerne erspart. An dieser Madame Buh war offensichtlich gar nichts echt.

Nachdem er sich ein wenig von seinem Schreck erholt hatte, sah sich Melchior im Raum um. Die Geisterseherin wohnte in einem riesigen Apartment mit großen Fenstern. Die frühere Fabrik war in großzügige Wohnungen umgebaut worden.

Madame Buh hatte eine ziemlich schicke Einrichtung. Geisterhaft sah sie jedenfalls nicht aus. In der Ecke hatte sie eine Kochnische, in der Mitte des Raums standen ein Regal mit einer Vase und einem Strauß Rosen, ein kleiner Couchtisch und ein riesiges, modernes Ledersofa. Und auf dem Sofa saß ein Mann. Seine ganze

Aufmerksamkeit galt einem großen Ohrring mit einem grünen Stein.

„Ach, der Turban macht mich echt fertig", stöhnte Madame und nahm ihn ab. Damit war ihre Verwandlung von Madame Buh in Frau Buhgalkowski abgeschlossen.

„Ja", sagte der Mann schließlich, beendete die Inspektion des Ohrrings und legte ihn zu einem zweiten auf den Tisch. Er nahm den Turban und kramte darin herum. „Wenn du eine *kleine* Digicam gekauft hättest, anstatt immer nur in Make-up und neue Schuhe zu investieren, dann würde das Ding nicht so drücken …" Mit diesen Worten zog er eine große Kamera aus dem Turban.

Madame Buh schüttelte genervt den Kopf und ließ sich erschöpft neben ihn aufs Sofa plumpsen.

„Also, ich würde sagen", fuhr der Mann fort, „die sind perfekt geworden, oder?" Er griff wieder nach dem Ohrring und zeigte ihn stolz Madame Buh.

Sie nahm das Schmuckstück und betrachtete es flüchtig. „Die Alten sind so kurzsichtig, die würden nicht einmal merken, wenn man ihnen Plastikschmuck aus dem Kaugummiautomaten andrehen würde", sagte sie und gab dem Mann den Ohrring zurück.

„Ja, viel mehr sind die Dinger hier ja auch nicht wert", meinte er. „Im Gegensatz zu den echten Klunkern der alten Herrschaften. Wann möchtest du die Duplikate denn austauschen?"

Melchior traute seinen Ohren nicht. Mit wachsender Empörung lauschte er der Unterhaltung. So etwas …

„Das ist also ihr Trick", flüsterte er vor sich hin. Sie wollten die alten Leute um ihre Schmuckstücke bringen. Der Zorn packte ihn. „Welch grandiose Gemeinheit."

„Also, das Ding …", der Mann zeigte Madame Buh einen schönen Ring mit blauem Stein und goldglänzender Fassung, „… ist gut und gern seine zehntausend Öcken wert."

„Alberts Ring", stieß Melchior entsetzt hervor. Das war Alberts Familienring! Ganz offensichtlich hatte sich auch sein Großcousin von den Versprechungen der Madame Buh verleiten lassen und an ihren Sitzungen teilgenommen. Wahrscheinlich war es seine letzte Hoffnung gewesen, noch einmal mit seiner geliebten Margarita sprechen zu können. Und die hinterhältige Madame Buh hatte die Gelegenheit genutzt, um Aufnahmen von seinem Ring zu machen. Ihr Komplize hatte davon dann die Nachbildung anfertigen lassen.

Madame würde die Schmuckstücke austauschen, die beiden Ganoven würden eine Menge Geld einsacken und niemand würde es merken …

„Ich jedenfalls habe meinen Teil erledigt." Der Mann zeigte auf die Duplikate der Schmuckstücke, die vor ihm auf dem Tisch lagen. „Sorg du dafür, dass die hier ihren Besitzer wechseln."

Melchior hatte genug gehört. Wutentbrannt stürmte er davon und war schon drauf und dran, durch die Mauer zu verschwinden, als er sich noch einmal umdrehte. Irgendwie musste er sich Luft machen. Dieser Plan war so gemein … Und immerhin besaß er ja seine Geisterkräfte. Mit einer energischen Handbewegung ließ er die Vase vom Regal auf den Couchtisch fallen. Laut klirrend zersprang sie direkt vor den beiden Gaunern.

Madame Buh schrie erschrocken auf. „Aaaah! Mein Turban!"

„Meine Kamera!", schrie der Mann.

Sofort machte sich Melchior zusammen mit Binny auf den Weg zurück in die Seniorenresidenz. Dort berichtete er den anderen Geistern aufgeregt, was er gesehen und gehört hatte.

„Sie hat es also doch nur auf den Schmuck abgesehen", sagte Ilse und klang beinahe enttäuscht, dass sie es nur mit gewöhnlichen Betrügern zu tun hatten.

„Ja", erwiderte Melchior eifrig. „Allein Alberts Ring ist ein halbes Vermögen wert."

„Den Dieben geht es allein ums Geld", sagte Binny nachdenklich. „Aber sie stehlen viel mehr als nur den Schmuck. Es sind eure Erinnerungen, die daran hängen. Madame Buh darf diese Andenken auf keinen Fall in die Finger bekommen." Sie grinste. „Und ich hätte da eine Idee, wie wir unserer Madame das Geisterbeschwören austreiben können ..."

Darauf hatten Margarita, Ilse und Hartmut gehofft. Endlich hatten sie jemanden gefunden, der ihnen helfen konnte. Sie sahen Binny erwartungsvoll an.

„Aber dazu brauche ich eure Unterstützung", fuhr Binny fort. „Und die von Lucas Oma."

„Prima!", rief Ilse begeistert.

Die entzauberte Madame

Nicht nur für Madame Buh sollte am nächsten Tag die Stunde der Wahrheit schlagen, sondern auch für Binnys Mutter. Wanda war wegen Ronalds blödem Trikot schon den ganzen Morgen ziemlich nervös gewesen. Sie hatte es nirgends mehr finden können. Es war und blieb spurlos verschwunden und sie konnte nur dafür sorgen, dass Ronald nie erfahren würde, wie sein geliebtes Meisterschaftstrikot sein Ende gefunden hatte.

Ronald musste sich zum Grillen mit Annette und Jürgen, ihren neuen Nachbarn, also notgedrungen normal anziehen, das heißt, er trug T-Shirt und Pullover, Sakko und Schal. Zum Glück für Wanda hatte er es irgendwann aufgegeben, nach dem miefigen Ding zu suchen. Trotzdem war er gut gelaunt, als sie sich nachmittags mit einer Schüssel Salat und selbst gemachter Marmelade auf den Weg machten.

„Hallo!", riefen Ronald und Wanda, als sie in den Garten kamen.

„Herzlich willkommen in Berlin." Annette lachte.

„Herzlichen Dank für die Einladung", erwiderte Wanda artig und hielt ihr die Marmelade hin.

„Schön, dass ihr hier seid!", rief Jürgen, der am Grill stand. Das Fleisch lag bereits gut durchgebraten auf dem Rost und Jürgen zog seine Grillschürze aus. „Die brauche ich jetzt nicht mehr."

Ronald lachte. Jürgen schien ziemlich gut organisiert zu sein. Zwar bildete sich Ronald ziemlich viel auf seine Grillkünste ein, aber er hatte es noch nie geschafft, das Fleisch auf die Sekunde genau beim Eintreffen der Gäste fertig zu haben. Doch plötzlich gefror ihm das Lächeln im Gesicht. Er traute seinen Augen nicht. Der Mann hatte doch tatsächlich …

„Das … ist doch … das 83er-Trikot", stammelte er entgeistert.

„Stimmt!" Jürgen lachte. „Da sieht man gleich, wer der Kenner ist."

Ronald konnte es nicht fassen. Das war sein Trikot … Das gab es bestimmt nicht zweimal, oder etwa doch? Und selbst wenn, es wäre schon ein schier unglaublicher Zufall, wenn ausgerechnet sein Nachbar in Berlin das zweite Exemplar besitzen sollte. Da ging etwas nicht mit rechten Dingen zu.

„Das habe ich gestern auf der Straße gefunden", berichtete Jürgen freudestrahlend. „Keine Ahnung, wie es da gelandet ist. Aber ich dachte, wenn wir schon Besuch aus dem hohen Norden haben und der HSV spielt, was wäre da passender?"

Daher wehte der Wind. Ronald warf seiner Frau einen ungläubigen Blick zu. Würde sie so weit gehen und das Trikot – Horst Hrubeschs legendäre Nummer neun – einfach aus dem Fenster pfeffern?

„Ich habe ihm eigentlich verboten, das Ding anzuziehen", sagte Annette ärgerlich. „Was macht denn das für einen ersten Eindruck? Und es stinkt …", sie sah Wanda an und rümpfte angewidert die Nase, „… nach altem Schweiß."

Wanda wäre am liebsten im Erdboden versunken. Dieses Trikot sorgte wirklich nur für Stress. Das würde ganz bestimmt noch Ärger geben, wenn sie nach Hause kämen. Bis jetzt machte Ronald allerdings gute Miene zum bösen Spiel.

„Hallo? Das ist Meisterschaftsschweiß", riefen die beiden Männer wie aus einem Mund. Sie sahen sich an und lachten.

„Ronald", sagte Jürgen und klopfte ihm auf die Schulter. „Du gefällst mir."

„Männer ..." Wanda schmunzelte. Wenigstens war sie nicht mehr allein mit ihrer Meinung, dass es sich bei dem sogenannten Meisterschaftstrikot um einen miefenden, alten Fetzen handelte. Annette sah die Sache ganz genauso.

Binny war währenddessen in Sachen Geisterjagd – oder besser gesagt Hellseherinnenjagd – unterwegs. Der kleine Zirkel um Madame Buh traf sich auch an diesem Abend wieder zur Séance. Doch dieses Mal war Binny mit von der Partie. Sie hatte Frau Schuster, Lucas Oma, in die Machenschaften des Ganovenpärchens eingeweiht. Frau Schuster war außer sich gewesen und es war Ehrensache für sie, Binny zu Madame Buh mitzunehmen.

„Wer ist das?", fragte Madame, die hoheitsvoll vor ihrer Glaskugel thronte. Sie beäugte Binny misstrauisch.

„Guten Abend, Madame Buhgalkowski", sagte Binny

höflich. Sie machte einen formvollendeten Knicks und trat ins Zimmer. „Ich habe eine dringende Frage an meinen Opa. Können Sie mir helfen?"

Madame Buh verzog das Gesicht zu einem gequälten Lächeln und wiegte bedächtig den Kopf. Ein kleines Mädchen, dachte sie. Was konnte die schon für Wertsachen besitzen? Es war ihr anzumerken, dass ihr Binnys Anwesenheit gar nicht recht war. Aber die alten Herrschaften sahen sie erwartungsvoll an. Und die wollte sie auf keinen Fall misstrauisch machen.

„Na ja", sagte sie deshalb, „da kann ich wohl schlecht Nein sagen." Nachdem Binny sich gesetzt hatte, fuhr sie fort: „Hast du mitgebrrracht etwas von deine Opa?"

„Ja. Ich habe seine alte Taschenuhr dabei", sagte Binny schüchtern und lächelte. „Geht das?"

„Na ja." Madame Buh sah die Uhr geringschätzig an. „Ich will versuchen, ihn zu rufen. Gib sie her."

Binny wollte ihr Melchiors Taschenuhr reichen, doch plötzlich zögerte sie. Sie hatte die Uhr seit ihrem Einzug in die alte Villa nicht mehr aus der Hand gegeben. Sie war ihre Verbindung zu Melchior und der Geisterwelt. Ohne sie würde sie Melchior nicht mehr sehen können … Und sie hatte in der kurzen Zeit so viele

Abenteuer mit ihm erlebt … Binny wollte die Uhr nur äußerst ungern in die Hände einer solchen Betrügerin wie Madame Buh legen. Sie warf Melchior einen fragenden Blick zu. Er lächelte und nickte.

„Es wird schon schiefgehen", flüsterte er beruhigend.

Binny gab sich einen Ruck und gab Madame Buh die Uhr. Es war im wahrsten Sinne des Wortes gespenstisch: In der gleichen Sekunde verschwanden Melchior, Margarita, Ilse und Hartmut direkt vor ihren Augen. Binny konnte nichts mehr tun. Jetzt lag alles an den Geistern …

Doch vorerst geschah gar nichts, außer dass Madame Buh wieder mit dem gleichen Brimborium begann wie am Tag zuvor. Sie atmete tief durch die Nase ein, hob die Hände und stammelte unverständliche Silben vor sich hin. Doch schon wenige Augenblicke später brach sie ab.

„Nein, mein Kind … Leider bekommen ich garrr keine Verrrbinduuung", sagte sie mit einem öligen Lächeln und schüttelte den Kopf. „Hier …" Damit wollte sie Binny die Uhr zurückgeben.

Binnys Plan war in Gefahr. Madame Buh musste unbedingt die Geister sehen …

„Und … und wenn Sie die Uhr mal aufklappen?“, schlug sie schnell vor.

„Aber das ist nicht wie Handy. Gibt keine Antenne, die Signal besser oder schlechter macht“, seufzte Madame Buh.

Sie wollte den Zirkus mit dem Mädchen so schnell wie möglich hinter sich bringen und endlich die Schmuckstücke der anderen austauschen. Doch Frau Schuster und die anderen Senioren warteten gespannt.

„Aber … ich kann versuchen“, fuhr sie verärgert fort.

Und dann öffnete sie den Deckel der Uhr. Binny sah ihr atemlos zu. Jetzt … jetzt musste es passieren.

Kaum war der Deckel auf, blieb Madame Buh der Mund offen stehen. Sie starrte ins Leere und riss die Augen weit auf. Die alten Herrschaften sahen sich beunruhigt an. So hatte Madame Buh noch nie reagiert. Aber sie konnten ja auch nicht sehen, was Madame sah: Direkt vor ihr stand Hartmut. Er stand aber nicht einfach vor ihr, sondern mitten im Tisch. Nicht auf oder neben, nein, er stand im Tisch! Um ihn herum schwebte bunt leuchtend und schimmernd der Geisterstaub, der auch bei Melchior entstand, wenn er beispielsweise seine Finger aneinanderrieb.

Die vermeintliche Hellseherin stieß einen schrillen Schrei aus.

„Tag auch", sagte Hartmut und blickte sie böse an.

„Wer sind Sie?", hauchte Madame Buh mit schwindender Stimme. Lucas Oma und die anderen Teilnehmer sahen die Hellseherin erschrocken an. Mit wem redete sie da nur?

„Ich bin jedenfalls nicht der Opa von der Kleinen da", sagte Hartmut ärgerlich. „Ich bin *ihr* Mann." Er nickte mit dem Kopf in Richtung der Dame mit den blauen Haaren. „Und ich möchte, dass Sie ihr sagen, dass ich ihre blauen Haare total schrecklich finde. Sie ist doch kein Clown."

„Aaah!", schrie Madame Buh entsetzt. Neben ihr tauchte wie aus dem Nichts Ilse auf. Wo kamen auf einmal nur alle diese Leute her? Waren das wirklich echte Geister? Ein Blick auf Hartmut, der immer noch im Tisch stand, genügte als Bestätigung. Madames Nerven würden das nicht mehr lange mitmachen.

„Hartmut", sagte Ilse, „wir haben jetzt doch wirklich Wichtigeres zu tun, stimmt's?"

„Ich komme ja schon", meinte Hartmut und beeilte sich, aus dem Tisch herauszukommen.

„Was ist das?", kreischte Madame Buh und sprang auf. „Wie ist das möglich?" Sie war völlig aufgelöst und zitterte am ganzen Leib.

Binny grinste bei dem Gedanken, was die Geister mit Madame Buh alles anstellten. Dabei hatten sie ja gerade erst begonnen …

„Wir sind Geister", erklärte Ilse mit unheimlicher Stimme und drohte Madame mit dem Zeigefinger. „Und zwar echte. Huuuuhh."

„Uaaah!", schrie Madame Buh wieder, als Hartmut, Margarita und Ilse mit den Händen vor ihr herumfuchtelten.

„Was macht sie da?", fragte Hartmuts Frau irritiert, während sich Madame Buh, umringt von Geistern, wie wild im Kreis drehte. Lucas Oma zuckte hilflos mit den Schultern. Ob das noch zu Binnys Plan gehörte? Einen solchen Anfall hatten sie bei der Hellseherin noch nie erlebt.

„Wir wissen, dass Sie Schmuck stehlen wollen!", rief Margarita währenddessen und fuchtelte wieder mit den Händen vor Madames Gesicht. „Sie sind eine dreiste Diebin."

„Bitte, tun Sie mir nichts", stammelte Madame Buh. Inzwischen war auch Melchior aufgetaucht und starrte sie böse an. „Tun Sie mir nichts. Ich mache auch alles, was Sie wollen."

„Wirklich alles?", wollte Melchior wissen.

„Mhm?" Madame Buh sah ihn unsicher an. Hatte sie da vielleicht zu viel versprochen? Aber was sollte sie tun? Sie war ganz offensichtlich echten Geistern ausgeliefert.

„Dann stellen Sie sich neben den Stuhl", befahl Melchior streng.

„Ja." Sofort stellte sich Madame Buh neben ihren Stuhl. Sie hob die Hände vors Gesicht und brach in ein erbärmliches Schluchzen aus.

„Jetzt winkeln Sie die Arme an und gehen in die Knie."

Madame Buh tat es.

„Und jetzt gackern."

„Was?"

„Gackern", befahl Melchior.

Margarita, Ilse und Hartmut waren begeistert. Auf die Idee wären sie nie gekommen. Und während Madame Buh zögerte und dann erst leise, dann immer lauter gackernd und flügelschlagend durchs Zimmer hüpfte, da hüpften und gackerten die Geister vor lauter Begeisterung einfach mit. Sie veranstalteten ein Riesenspektakel!

Lucas Oma und die anderen bekamen nur das Gegacker von Madame Buh mit. Sie konnten gar nicht begreifen, was auf einmal in sie gefahren war. Auch Binny bekam große Augen. Oje, was hatte sich Melchior da nur wieder ausgedacht! Aber ganz egal, es schien zu wirken. Madame Buh war völlig eingeschüchtert und stand kurz vor einem Nervenzusammenbruch. Es war Zeit, um ihr den Rest zu geben.

„Sie werden nie wieder behaupten, dass Sie Geister sehen", fuhr Ilse sie an. Schlagartig war sie wieder ernst geworden. „Ansonsten verfolgen wir Sie. Und zwar auf ewig. Auf *ewig*. Stimmt's, Hartmut?"

Hartmut gackerte laut.

Madame Buh fasste es als Zustimmung auf. „Gack, gack, ich verspreche es, gack, gack!", rief Madame Buh verzweifelt.

„Dann legen Sie jetzt den falschen Schmuck auf den Tisch", forderte Margarita energisch.

Sofort rannte Madame Buh zu ihrer Tasche und schüttete den gesamten Inhalt vor den verdutzten Herrschaften auf den Tisch. Da flogen Ringe und Ketten und Ohrringe und Broschen nur so heraus.

Frau Schuster nahm eine Kette und betrachtete sie eingehend. Die Schmuckstücke waren den Originalen wirklich täuschend echt nachgebildet. Sie gab die Ringe und Broschen an die anderen weiter, die sie genauso erstaunt untersuchten.

„Und jetzt geben Sie dem Mädchen die Uhr wieder zurück", befahl Margarita.

„Hier!", rief Madame Buh und warf Binny die Uhr hin, als wäre sie ein Stück heißes Eisen.

Binny klappte die Uhr auf und … konnte Melchior und die anderen Geister wieder sehen. Erleichtert atmete sie auf. Sie hatte schon Sorge gehabt, sie vielleicht nie mehr wiederzusehen.

Madame Buh schaute inzwischen wild um sich, aber der Spuk war vorbei. Sie konnte die Geister nicht mehr sehen.

Erleichtert wollte sie aufatmen, als Binny sagte: „Sie stehen direkt hinter Ihnen." Sie lächelte liebenswürdig.

Die Geisterseherin erstarrte. Das war endgültig zu viel für ihre Nerven. Sie rollte mit den Augen, packte mit einem hysterischen Schrei ihre Tasche und verließ fluchtartig das Zimmer.

Melchior, Margarita, Ilse und Hartmut konnten sich vor Lachen kaum noch halten. Es war schon sehr lange her, dass sie das letzte Mal einen solchen Spaß gehabt hatten.

Binny saß auf ihrem Stuhl und lachte mit. Sie freute sich, die Geister so fröhlich zu sehen.

Vor allem freute sie sich für Margarita. Als sie sich das erste Mal unten am See begegnet waren, hatte sie einen so sorgenvollen und nachdenklichen Eindruck gemacht.

Madame Buhs Spektakel war vorbei. Sie würde sich bestimmt nie mehr in die Nähe einer Seniorenresidenz wagen. Doch Binnys Mutter erwartete noch eine ziemlich unangenehme Aussprache mit ihrem Mann. Beim Grillen war die Zeit wie im Fluge vergangen, sie hatten sich blendend mit Annette und Jürgen verstanden und Ronald war großartiger Laune gewesen. Und so kamen sie erst ziemlich spät in der Nacht zurück.

„Na, die sind ja wirklich sehr nett, unsere Nachbarn, hm?“, knurrte Ronald. Sein Ton hatte sich etwas verändert und Wanda ahnte nichts Gutes. Aber sie hatte noch einen Trumpf im Ärmel. Ronald ging in die Küche. Wanda folgte ihm schuldbewusst.

„Und Geschmack haben die auch“, fuhr Ronald fort. „Ich meine, klamottentechnisch.“

„Ich …“, begann Wanda. Ach, es hatte ja keinen

Zweck. Was sollte sie schon sagen? Sie hatte die Sache mit dem Trikot gründlich vermasselt. „Es tut mir leid."

Ronald verzog den Mund. Das brachte sein geliebtes Trikot auch nicht zurück.

„Aber …" Wanda lächelte schelmisch und zog ihren Trumpf aus der Tasche. Es war das Meisterschaftstrikot.

Ronald traute seinen Augen nicht. Wie hatte sie das nur hinbekommen? Ach, es war ihm ganz egal. Vor Rührung bekam er feuchte Augen.

„Annette hat es mir wiedergegeben. Ich habe ihr erzählt, was passiert ist", sagte Wanda. Sie verkniff sich zu erwähnen, dass die Nachbarin gar nicht undankbar war, das stinkende Ding wieder loszuwerden.

„Yes", hauchte Ronald und nahm Wanda das Trikot aus der Hand.

„Aber Jürgen darf das nicht erfahren …"

„Oh, yes!", jubelte Ronald. Er konnte es gar nicht fassen. Sein Ein und Alles war wieder da. Glücklich vergrub er das Gesicht in dem alten Trikot.

„Hey", sagte er erleichtert, „das riecht aber schon ganz schön nach Jürgen. Und hier … nach Curry-Ketchup." Er schnupperte wieder daran. „Aber es riecht auch noch nach Horst. Yeah."

Wanda sah ihm lächelnd zu und ließ ihn reden. Warum auch immer, dieses blöde Trikot schien ihm tatsächlich viel zu bedeuten.

„Yiihhaa!", schrie Ronald begeistert und zog das Hemd über sein Sakko.

„Hey!", rief auch Wanda. Es sollte ein Jubeln sein, klang aber etwas verunglückt. Immerhin, der Versuch zählte. Sie freute sich ganz aufrichtig für ihn. „Es tut mir wirklich leid. Kannst du mir noch einmal verzeihen?" Sie legte – trotz des stinkenden Trikots – die Arme um ihren Mann.

Er überlegte ein paar Sekunden. „Na gut", sagte er, schloss Wanda in seine Arme und grinste. Dann drückte er sie kräftig an sich.

„Du bist so lieb", flüsterte sie glücklich an seiner Schulter. Glücklich, bis sie Luft holte. Das roch wirklich ... extrem. Wanda erstarrte. Puuh, das konnte nur Horsts dreißig Jahre alter Achselschweiß sein. „Okay", sagte sie mit erstickter Stimme. „Du kannst loslassen."

„Nein", sagte Ronald lächelnd. „Ich verzeihe dir zwar, aber ein bisschen Strafe muss schon sein, nicht wahr?" Er presste sie noch fester an sich. „Mmh, Meisterschaftsschweiß."

„Oh nein", stöhnte Wanda. Sie war ihm in die Falle gegangen. Diesen Geruch würde sie niemals vergessen.

Wundersame Wandlung

Binny saß nach der gelungenen Vertreibung von Madame Buh spät abends bei Lucas Oma. Die ganze Aufregung war doch ein wenig viel für sie gewesen …

„Und du kannst wirklich mit Geistern sprechen?" Frau Schuster konnte es immer noch kaum glauben.

„Sie dürfen es aber niemandem verraten", sagte Binny ernst und nickte.

„Natürlich nicht", meinte Lucas Oma entrüstet. Als ob sie keine Geheimnisse für sich behalten könnte …

„Und ich habe noch eine Bitte an Sie", fuhr Binny fort. „Sie kommt von Margarita, der Frau von Albert von und zu Panke … Sie möchte, dass Sie mit ihm sprechen. Sie selbst kann es ja nicht mehr." Binny zeigte nach draußen in den Garten. Dort in der Dunkelheit spazierte Melchiors Großcousin mürrisch herum und zerstörte mit seinem Spazierstock die Laubhaufen, die der Gärtner tagsüber mühsam am Weg aufgeschichtet hatte.

„Mit dem alten Griesgram?" Frau Schuster sah zweifelnd aus dem Fenster.

Binny nickte.

„Das habe ich schon ein paarmal versucht", sagte Lucas Oma und zuckte mit den Schultern. „Erfolg hatte ich noch nie. Wenn er überhaupt antwortet, dann schimpft er. Aber meistens sagt er gar nichts."

„Ich glaube, da kann ich helfen. Es gibt einen Trick, um mit ihm ins Gespräch zu kommen." Binny grinste schelmisch.

Margarita hatte ihn ihr anvertraut. Und sie hatte ihr erzählt, warum sie immer so traurig war: Seit er allein war, flüchtete sich ihr Mann in seine Einsamkeit und stieß jeden von sich, der versuchte, mit ihm ins Gespräch zu kommen. Margarita kannte ihn ganz anders und konnte es einfach nicht ertragen, dass er zu solch einem Ekel geworden war. Deshalb hatte sie Binny gebeten, ihr zu helfen.

Am nächsten Morgen begann das Sommerfest. Obwohl es noch recht früh war, waren schon einige Leute bei den Pavillons. Viele Verwandte waren zu Besuch gekommen. Kinder, Eltern, Omas und Opas saßen auf den Stühlen und Bänken, tranken Kaffee oder warfen an den Buden mit Bällen auf Blechbüchsen.

Albert von und zu Panke machte einen großen Bogen um den Trubel im Garten und spazierte einsam hinunter zum See, setzte sich auf eine Bank und starrte hinaus aufs Wasser.

Lucas Oma hatte ihn beobachtet, und als er sich auf die Bank setzte, ging sie ihm mit einer Tasse Kaffee in der Hand hinterher. Binny und Margarita hatten sich hinter einem Baum versteckt und beobachteten die beiden gespannt.

„Guten Tag." Frau Schuster trat vorsichtig zu Albert an die Bank. „Ist hier noch frei?"

Herr von und zu Panke warf ihr einen bösen Blick zu. Konnte man hier denn nie seine Ruhe haben? „Nein, hier ist besetzt", sagte er unfreundlich. „Und zwar durch meinen Stock." Er legte seinen Stock demonstrativ quer über die Bank.

„Schade." Frau Schuster stand unschlüssig da und überlegte, ob sie wieder gehen sollte. Aber sie wollte nichts unversucht lassen. Binny hatte ihr ja schließlich einen Tipp gegeben, wie man den alten Griesgram vielleicht ein bisschen erweichen konnte …

Sie glaubte selbst nicht so richtig daran, aber sie sagte trotzdem: „Ich wollte Ihnen gerade ein Kompliment für Ihren Ring machen."

Albert von und zu Panke zuckte leicht zusammen und tastete mit der linken Hand nach dem Ring mit dem blauen Stein. Er strich mit dem Finger sanft darüber, sagte aber nichts und sah hinaus auf den See. Immerhin: Das war ja schon ein gewaltiger Fortschritt gegenüber den Beleidigungen, die er sonst immer von sich gab.

„Den müssen Sie von jemandem haben, dem Sie sehr viel bedeuten", fuhr Lucas Oma mutiger fort. „Man spürt, wie Sie daran hängen."

Albert blickte weiterhin stur hinaus auf den See und zeigte keine Reaktion. Frau Schuster blieb noch einen Moment stehen und betrachtete ihn aufmerksam. Würde er noch etwas sagen? Schließlich zuckte sie mit den Schultern und seufzte entmutigt.

Binny und Margarita sahen sich in ihrem Versteck enttäuscht an. Es schien wirklich hoffnungslos.

Frau Schuster wollte gerade gehen, als Albert mit

leiser und brüchiger Stimme sagte: „Er ist von meiner Frau." Und auch wenn es nur wenige Worte waren: Er hatte schon lange nicht mehr so ruhig und mit so viel Gefühl zu jemandem gesprochen.

„Meine Frau hat mir den Ring geschenkt", fuhr er fort und atmete sichtlich auf. Diese zwei kurzen Sätze schienen ihn regelrecht zu befreien.

„Ein wunderschönes Geschenk", erwiderte Lucas Oma. „Von einer bestimmt wunderschönen Frau."

Albert sah sie an. Er hatte die Trauer um seine Margarita so lange in sich hineingefressen, dass er sich gar nicht mehr vorstellen konnte, jemand anders könnte seinen Schmerz vielleicht verstehen. Und jetzt kam diese Frau und schien genug Einfühlungsvermögen und Verständnis für ihn zu haben …

Margarita stand mit Binny hinter dem Baum und atmete auf. Das Eis war gebrochen. Sie sah ihren Mann mit glänzenden Augen an und lächelte glücklich. Endlich, endlich gab es Anzeichen dafür, dass er sich aus seiner Verbitterung löste.

„Sagen Sie, gibt es da, wo Sie die Plörre herhaben, die hier Kaffee genannt wird, noch mehr?", fragte Albert mürrisch, aber er verzog den Mund zu einem leichten Lächeln und man konnte seine Worte mit viel gutem Willen sogar als Scherz durchgehen lassen.

Lucas Oma sah irritiert auf ihre Tasse. Sie fand den Kaffee in der Seniorenresidenz eigentlich ganz gut.

„Vielleicht würde ich einen mit Ihnen trinken“, fügte Albert hinzu.

War es die Möglichkeit? Frau Schuster traute ihren Ohren nicht. Und das Lächeln, das er aufgesetzt hatte, ließ den alten Griesgram ja fast schon charmant aussehen. Die Veränderung von Großcousin Albert kam ihr beinahe noch wundersamer vor als die Entlarvung von Madame Buh als Schwindlerin. Auf jeden Fall war sie weitaus angenehmer.

Sie lachte. „Ja, gern.“

Albert nahm seinen Stock von der Bank und ging zusammen mit Lucas Oma hinüber zu den Pavillons und Buden. Und wenig später saßen die beiden zusammen beim Kaffee. Nach kurzer Zeit kam auch Luca, um ihre Oma zu besuchen, und zu dritt sahen sie den anderen Besuchern beim Dosenwerfen zu.

Binny stand mit Melchior und Margarita etwas abseits. Als Luca sie entdeckte, rannte sie schnell zu ihr.

„Du glaubst nicht, mit wem sich meine Oma angefreundet hat“, berichtete sie aufgeregt. „Mit dem

Obermuffel hier. Erinnerst du dich? Das ist derjenige, der das Brot durch den Speisesaal gepfeffert hat."

Binny nickte und lächelte.

„Und weißt du was?", fuhr Luca fort. „Er ist gar kein Obermuffel, sondern total nett."

„Na, das grenzt ja schon fast an Zauberei", sagte Binny unschuldig.

Margarita strahlte, als sie das hörte. Sie war überglücklich, dass es endlich jemandem gelungen war, ihren Albert aus seiner Einsamkeit zu holen. Und er selbst spürte wohl auch, dass er sich die ganze Zeit nur selbst im Weg gestanden hatte. Er vermisste seine Margarita immer noch, aber das war kein Grund, die ganze Welt zu hassen.

„Luca, komm!", rief ihre Oma, die nun an einer Bude stand. „Albert will gegen uns im Dosenwerfen antreten."

„Ihr habt sowieso keine Chance", gab Albert gut gelaunt an. „Und wisst ihr auch, warum? Weil ich nämlich *umwerfend* bin." Er kicherte über seinen eigenen Witz, als hätte er nie etwas anderes gemacht, als mit Luca und ihrer Oma zu scherzen. Alle lachten, aber Margaritas glückliches Lachen konnten nur Binny und Melchior hören.

„Das habt ihr wirklich gut gemacht, ihr beiden“, sagte sie.

Binny wollte das Lob gerade bescheiden ablehnen, als Melchior ihr ins Wort fiel. „Vielen Dank“, sagte er zufrieden lächelnd und machte eine kleine Verbeugung. „Ich gebe natürlich immer mein Bestes. Allerdings muss ich wirklich sagen, dass ich mich in diesem Fall selbst …“

Margaritas Lachen unterbrach ihn. „Also, man merkt schon, dass du ein von und zu Panke bist, Melchior. Alle Männer der Familie neigen dazu, ein bisschen selbstverliebt zu sein.“

Binny grinste. „Selbstverliebt? Melchior?“ Sie schüttelte den Kopf, als sei das ganz undenkbar. „Aber nur ein ganz kleines bisschen.“

Margarita lachte wieder. „Ich kann jetzt gehen. Jetzt, wo ich weiß, dass es Albert gut geht.“ Sie hauchte einen Kuss in die Richtung ihres Mannes, der vollauf mit Dosenwerfen beschäftigt war.

„Und ihr …“, auf einmal wurde sie ernst und sah Melchior und Binny an, „… passt auf die Uhr auf. Sie ist ein mächtiges Instrument. Die Uhrenjäger würden alles dafür geben, sie zu finden. Versprecht mir, dass ihr auf die Uhr und vor allem aufeinander achtgebt.“

„Versprochen", sagte Binny mit ernster Stimme.

„Großes Geisterehrenwort", meinte auch Melchior. „Aber was genau meinten Sie mit Uhrenjäger?"

Von den Uhrenjägern hatte Margarita bis jetzt noch nie gesprochen und das interessierte Melchior schon brennend. Überhaupt hatte er noch so viele Fragen an sie: Was bedeutete es, ein Uhrenhüter zu sein? Warum waren ausgerechnet seine Eltern Uhrenhüter gewesen? Und woher kam die Uhr und mit welchem Zauber war sie belegt? Und, und, und …

„Ihr seid ein gutes Team", sagte Margarita statt einer Antwort. „Haltet gut zusammen. Dann kann euch nichts passieren."

„Aber …", begann Melchior. Doch bevor er mehr sagen konnte, begannen auf einmal die Glühbirnen der Lichterketten zu flackern wie an dem Tag, als Binny Margarita zum ersten Mal begegnet war. Binny und Melchior spürten eine unwiderstehliche Kraft, die an ihnen vorbeizog. Erstaunt und mit offenem Mund sahen sie Margarita an, die zu wissen schien, was auf sie zukam.

Mit einem leichten Lächeln stand sie da und wartete einfach. Ein Lufthauch erhob sich und ein leichtes Rauschen. Ein weiches, glänzendes Licht und der

Geisterstaub, der auch immer um Melchior glitzerte, wenn er durch Wände ging, umgaben Margarita. Und im Leuchten und Glitzern dieses Staubs löste Margarita sich langsam auf. Sie hatte ihre Bestimmung erfüllt und ihre Tage als Geist waren vorbei.

Binny und Melchior sahen ihr nach. Sie konnten es kaum glauben, doch Margarita war weg.

Aber, fragte sich Binny insgeheim, bedeutete das nicht, dass auch Melchior eine Bestimmung hatte? Und dass er nicht auf ewig als Geist herumirren musste?

Es war bereits spät am Abend, als Binny und Melchior vom Sommerfest in der Seniorenresidenz zurückkamen. Im Garten der alten Villa war es stockduster und irgendwo in den Bäumen rief ein Käuzchen.

Binny war tief in Gedanken versunken. Vor der Treppe, die vom Garten in die Villa führte, sagte sie: „Ich muss die ganze Zeit darüber nachdenken, was Margarita gesagt hat."

Melchior schlenderte, die Hände auf dem Rücken, unbekümmert neben ihr her. „Dass ich selbstverliebt sei?", fragte er erstaunt. „Also, das entbehrt ja nun wirklich jeder Grundlage."

Binny verdrehte die Augen. „Mann, Melchior, ich meine natürlich, dass es Uhrenjäger gibt, die hinter deiner Uhr her sind."

Melchior konnte auch wirklich immer nur an sich denken. Und die Uhrenjäger hatten sich in seinen Gedanken offensichtlich ebenso schnell aufgelöst wie Margarita in Luft.

Unsicher sah sich Binny um. „Es könnte doch sein ... Glaubst du, es gibt vielleicht wirklich jemand, der genau jetzt ..."

„Still", unterbrach Melchior sie und hob die Hand.

Wieder rief das Käuzchen. Binny hielt den Atem an, aber sonst war nichts zu hören. Oder doch?

„Was war das?", flüsterte Melchior.

Erschrocken versuchte Binny mit ihrem Blick die Dunkelheit zu durchdringen. Waren die Uhrenjäger etwa schon hier? Aber im Garten war nichts zu erkennen, außer den schwarzen Schatten der alten Villa und der Bäume.

Melchior schlich um Binny herum. Plötzlich hörte sie hinter sich ein furchterregendes Fauchen. Binny schrie auf. „Melchior!", rief sie vorwurfsvoll. Dieser Geist würde ihr noch einen Herzinfarkt bescheren, wenn er so weitermachte.

„Der böse Uhrenjäger kommt", raunte Melchior mit einer unheimlichen Geisterstimme.

„Sehr witzig, Herr von und zu Panke, sehr witzig", sagte Binny. Und dann rannten sie lachend durch den Garten zum Haus.

Doch sie waren tatsächlich nicht allein. Hinter den Bäumen und Büschen versteckte sich unbemerkt eine Gestalt im Garten, sie war nur schemenhaft zu erkennen. Es war kein Unbekannter. Als der Mond hinter ein paar einzelnen Wolken hervortrat und der Mann aus seinem Versteck kam, war sein Gesicht deutlich zu sehen. Es war der dunkelhaarige, hagere Mann, dem Binny und Melchior schon auf dem Friedhof begegnet waren. Er hatte die Kapuze zurückgeschlagen. Seine Haare waren nach hinten gekämmt und er trug einen dunklen Bart. Es war Bodo, der düstere Diener von Hubertus, der in seinem tiefen Gewölbe auf die Uhr wartete.

Nachdem Binny und Melchior in der Villa verschwunden waren, zog er sein Handy aus der Tasche und tippte eine Nummer.

„Bodo, hast du die Uhr?", drang es aus dem Hörer. Es war die Stimme von Hubertus und der hielt sich nicht lange mit Begrüßungen auf.

„Ich bin gerade erst am Haus angekommen", erwiderte Bodo leise. „Aber es gibt ein kleines Problem. Hier sind neue Leute eingezogen."

Die Antwort von Hubertus wartete er nicht ab. Er konnte sich vorstellen, wie sie ausfiel. Aber es nutzte ja nichts. Er musste erst einmal zurück und sich in Ruhe mit seinem Herrn besprechen. Die Uhr würde er heute Nacht sicher nicht bekommen.

Die Anwesenheit von Bodo verhieß nichts Gutes für Binny und Melchior. Mit Sicherheit waren er und sein Herr Uhrenjäger. Und weder Binny noch Melchior ahnten, wie nahe die Gefahr schon war, von der Margarita gesprochen hatte.

Auf den Hund gekommen

Oskar, der Geisterjunge

„So, Maus, deine Aufgabe ist es, das hier auszumisten“, sagte Wanda.

Binny stand mit ihren Eltern auf dem Dachboden vor einem großen Berg mit altem Gerümpel.

„Und wir …“, Wanda zeigte mit dem Daumen auf Ronald, „… räumen unten auf. Okay? Mission Entrümpelung startet – jetzt.“

Es war schon einige Wochen her, seit die Baumanns in die Villa am Stadtrand von Berlin gezogen waren. Aber in jeder Ecke und in jedem Winkel fand sich immer wieder etwas, das noch nicht ausgepackt, eingeräumt, geputzt, renoviert oder eben ausgemistet war. Das alte Haus steckte voller Überraschungen. Davon war Melchior mit Abstand die größte, aber er war zum Glück unsichtbar für Binnys Mutter. Doch jetzt musste der Dachboden dran glauben …

Melchior stand neben Binny und hörte Wanda mit wachsender Entrüstung zu. Kaum hatte sie ihren Satz beendet, da ließ er mit seiner Geisterkraft den Berg mit alten Stühlen, Schubladen, Wäschekörben und vielem anderen Plunder in sich zusammenstürzen.

Binnys Vater sprang erschrocken zur Seite. Hatte *er* etwa … Er hatte doch nichts berührt, oder? Ganz sicher war er sich nicht. Ronald warf seiner Frau einen schuldbewussten Blick zu.

„Ist ja schon gut! Ich fasse nichts mehr an", sagte er und folgte Wanda nach unten.

„Ausmisten?", rief Melchior entsetzt, sobald die beiden weg waren. „Hier auf meinem Dachboden gibt es keinen Mist. Das ist eine bodenlose Dreistigkeit von deinen Eltern."

„Na ja", meinte Binny trocken und zog eine alte Milchkanne mit durchgerostetem Boden aus dem Gerümpel. „*So* bodenlos nun auch wieder nicht."

„Das sind alles wertvolle Familienerbstücke" beharrte Melchior. „Die sind zum Teil unbezahlbar."

Binny zog die Augenbrauen hoch. Sie hielt ihm einen

ausgelatschten Schuh vor die Nase, den sie aus dem alten Zeug gezogen hatte. „Brauchst du noch mehr Beweise?“, fragte sie.

„Ich sagte ja, sie sind *zum Teil* unbezahlbar“, brummte Melchior. Vielleicht war nicht alles wahnsinnig wichtig, was sich im Lauf der Jahre auf dem Dachboden angesammelt hatte. Aber wegwerfen brauchte man es deshalb noch lange nicht. Wer wusste schon, zu was die Sachen noch gut sein konnten?

Auf der Suche nach weiteren Gegenständen, die die Bezeichnung Schrott oder Müll durchaus verdienten, wurde Binny auf einmal auf eine kleine Holzschachtel aufmerksam. Sie unterschied sich von all dem anderen alten Plunder vor allem durch ihre schöne Bemalung. Binny zog sie heraus und pustete den Staub vom Deckel.

„In der Schachtel haben meine Eltern früher die Taschenuhr aufbewahrt“, sagte Melchior leise, nachdem er einen flüchtigen Blick darauf geworfen hatte.

Binny drehte die Schachtel um. Auf dem Boden war in eine Vertiefung ein Schlüssel eingelegt. „Sieh mal, diese Einbuchtung ist speziell für den Schlüssel gemacht. Er passt genau hinein.“ Sie untersuchte ihn genauer. „Das ist kein Türschlüssel. Und die Schachtel selbst hat kein Schloss. Vielleicht gehört er zu einer Art Tresor oder etwas Ähnlichem."

„Möglicherweise hatten meine Eltern ja ein Geheimversteck. Vielleicht ist das eine Spur für uns, um mehr darüber zu erfahren, was passiert ist, als ich ein Geist wurde?" Melchiors Interesse war geweckt. Und er hatte doch recht: Nicht alles war Gerümpel, was hier oben auf dem Dachboden lag!

Auf einmal wurden die beiden von einem schrillen Pfiff abgelenkt, der durchs offene Dachfenster tönte. Binny und Melchior zuckten zusammen. Wer um alles in der Welt konnte so laut pfeifen? Der Ton hörte überhaupt nicht mehr auf.

„Was ist *das* denn?", rief Binny entsetzt und hielt sich die Ohren zu.

„Keine Ahnung", meinte Melchior. „Aber es ist unglaublich laut."

Binnys Eltern waren unten in der Eingangshalle mit Entrümpeln beschäftigt. Dort standen noch die Möbel von Generationen von Vorbesitzern herum und von den Wänden starrten die bleichen Ahnenporträts der von und zu Pankes. Wanda und Ronald wollten den alten Kram endlich loswerden. Schließlich war Ronald Architekt und wollte das Haus selbst renovieren und einrichten. Wanda hatte als Künstlerin und Restauratorin zwar Interesse an antiken Möbeln und Gegenständen. Aber die mussten sorgfältig ausgewählt werden. Und alte Ritterrüstungen wie die in der Eingangshalle waren ganz und gar nicht nach ihrem Geschmack.

„Sag mal, Hase", sagte sie nachdenklich zu ihrem Mann, „alte Rüstungen, kommen die eher zum Sperrmüll oder in den gelben Sack? Also, wenn du meine Meinung hören willst: Dose ist Dose, oder?" Sie klappte das quietschende Visier des Ritterhelms auf und zu und quäkte mit verstellter Stimme: „Hey, du da, hast du meinen Grünen Punkt gesehen?"

Ronald lachte. Von den gellenden Pfiffen, die auch durch die Eingangshalle drangen, nahmen die beiden erstaunlicherweise keinerlei Notiz. Aber Binny: Sie kam, die Jacke in der Hand, in vollem Tempo die Treppe heruntergestürmt. Melchior und sie hatten beschlossen, diesem durchdringenden Pfeifen auf den Grund zu gehen.

„Oh, bist du schon fertig?", rief Wanda überrascht.

„Ähm, nein …", meinte Binny und blieb kurz stehen. „Aber …" Da war das Pfeifen wieder. Es ging ihr wirklich durch Mark und Bein. Sie hielt sich die Ohren zu und sah ihre Eltern an. „Habt ihr das nicht gehört?“, fragte sie erstaunt.

„Was?“, fragte Ronald zurück.

Binny runzelte die Stirn. Was war denn jetzt los? Waren ihre Eltern auf einmal taub geworden? Die Pfiffe waren doch nicht zu überhören. Irgendetwas stimmte da nicht.

„Ich muss mal kurz raus, okay?“ Binny ließ Wanda und Ronald einfach stehen und rannte durch die Hintertür nach draußen. Sie musste eine Erklärung für dieses durchdringende Pfeifen finden.

„Binny?“, rief ihre Mutter ihr hinterher. So ging es ja nun auch nicht, einfach mitten in der Arbeit alles stehen und liegen lassen!

„Was sagt man dazu?“, sagte sie verblüfft zu ihrem Mann. „Binnys Ausreden, um sich vor dem Aufräumen zu drücken, werden auch immer ausgefallener.“

„Mhm“, machte Ronald. Er hatte mehr Verständnis für seine Tochter. Die Entrümpelung musste sein, aber große Lust hatte er auch nicht dazu. Er hätte auf jeden Fall nichts dagegen, wenn das jemand schnell und sauber für sie erledigen würde. Aber zum einen wollte Wanda ja einige Stücke behalten und musste sowieso alles anschauen. Zum anderen kostete ein Entrümpelungsdienst Geld und sie hatten doch schon ihr ganzes Erspartes in den Kauf der Villa gesteckt. Da hieß es eben selbst zupacken.

Es klingelte an der Tür. Ronald warf Wanda einen erstaunten Blick zu. Sie erwarteten eigentlich niemanden. Er ging, um nachzusehen, wer das sein könnte.

Melchior und Binny eilten zum hinteren Tor hinaus auf die kleine Seitenstraße, die an der Villa vorbeiführte. Sie kamen der Lärmquelle näher, was immer es auch sein mochte: Ganz in der Nähe ertönte wieder ein gellender Pfiff.

„Kaspar!", hörten sie jemanden rufen. „Kaspar, hierher!"

Einen Moment später kam ein kleiner Junge um die Ecke und ging langsam die Straße entlang. Er sah sich immer wieder um, als würde er jemanden suchen. Binny und Melchior beachtete er gar nicht.

„Kaspaaar!", schrie er wieder. Und dann pfiff er.

Binny und Melchior hielten sich die Ohren zu. Das also war die Lärmquelle, die sie gesucht hatten. Der Junge konnte unglaublich laut pfeifen. Wahrscheinlich war Kaspar sein Hund und er suchte ihn. Dabei hatte er wohl alles um sich herum vergessen, denn er drehte sich um die eigene Achse und sah in alle Himmelsrichtungen, nur nicht auf seinen Weg.

Binny streckte die Arme aus, sonst würde er unweigerlich in sie hineinlaufen. Aber was war das? Als sie ihn aufhalten wollte, löste er sich einfach auf und ging durch sie hindurch.

Binny sah Melchior erstaunt an. Dann lachte sie. „Na, so was. Du bist ein Geisterjunge …?"

Der Junge hielt inne. „Ihr könnt mich sehen?", fragte er mit großen Augen. Nach der ersten Überraschung lachte auch er. „Endlich! Ich dachte schon, ich wäre für die ganze Welt unsichtbar."

„Bist du auch. Jedenfalls beinahe", sagte Binny. „Nur andere Geister können dich sehen. Und ich. Aber das ist eine lange Geschichte … Ich bin Binny."

„Ich bin Oskar", sagte der Geisterjunge und sah dann Melchior neugierig an. Offensichtlich fand er Melchiors Kleidung sehr seltsam. Er selbst war gekleidet wie ein normaler Junge, mit Jeans, T-Shirt und Jacke. Einen Anzug, wie Melchior ihn trug, hatte er wahrscheinlich höchstens mal im Museum gesehen.

„Melchior", stellte Melchior sich vor und verbeugte sich leicht. „Freiherr von …"

Binny warf ihm einen genervten Blick zu. Melchior würde doch jetzt nicht wieder mit seinem Adelstitel ankommen?

„Du kannst aber echt laut pfeifen, Oskar", fuhr Melchior lächelnd fort und verkniff sich das von und zu Panke.

„Ja, nicht wahr?" Oskar freute sich. „Seit ich ein Geist bin, kann ich es sogar noch lauter." Auf einmal wurde er traurig. „Aber egal, wie laut ich pfeife, meinen Hund Kaspar habe ich noch nicht wiedergefunden. Der ist nämlich kein Geist. Und ich mache mir wirklich Sorgen um ihn. Er braucht jemanden, der sich in Zukunft um ihn kümmert."

Binny und Melchior sahen sich an.

„Wir helfen dir, deinen Hund zu finden", sagte Binny kurzentschlossen und Melchior nickte zustimmend. „Wo hast du ihn denn zum letzten Mal gesehen?"

Oskar strahlte. Endlich war er nicht mehr allein. Und mit diesen beiden, da war er sicher, würde er Kaspar bestimmt wiederfinden. Auch wenn der Junge, der Melchior hieß, so seltsam gekleidet war, schien er doch wesentlich mehr Erfahrung als Geist zu haben als er. Das war allerdings auch nicht sehr schwer, denn er war erst seit sehr kurzer Zeit ein Geist.

„Das letzte Mal habe ich ihn bei uns zu Hause gesehen“, sagte er.

„Na, dann gehen wir da mal hin“, schlug Melchior vor.

Oskar nickte eifrig und zeigte in eine Richtung. „Da müssen wir lang.“

Als sie unterwegs waren, plauderte Melchior ein bisschen aus seinem Geisterleben. Allerdings verschwieg er geflissentlich, dass er auch schon ganze Monate auf dem Dachboden verschlafen hatte. Zeit war schließlich nicht so wichtig für ihn.

„Ich bin ja schon ein bisschen länger ein Geist“, sagte er leichthin. „So um die … hundert Jahre.“

„Echt?“ Oskar staunte nicht schlecht. Hundert Jahre. Wow. Er konnte sich gar nicht vorstellen, wie lange das sein sollte. Auf jeden Fall war es ziemlich lange.

Das war die Reaktion, auf die Melchior gehofft hatte. Binny ahnte schon, was jetzt kam. „Ja“, fuhr er fort und betrachtete zufrieden seine Fingernägel. „Also, da lernt man natürlich den einen oder anderen Geistertrick. Und wenn du möchtest, bringe ich dir gerne ein bisschen was bei.“

Das Angebot musste er Oskar nicht zweimal machen. Der Junge blieb stehen und sah Melchior fasziniert an. „Cool!", rief er glücklich.

Auch Melchior war glücklich. Er warf Binny einen Blick zu, der so viel sagen sollte wie: Siehst du? Endlich mal jemand, der meine außergewöhnlichen Talente gebührend zu würdigen weiß. Sie schimpfte ja immer nur, wenn er mal unangemeldet durch die Wand kam.

Binny schmunzelte. Es war ja nett, dass Melchior dem Jungen helfen wollte. Allerdings hoffte sie, dass er ihm nicht nur Unfug beibrachte …

Als Ronald von der Tür zurückkam, brachte er freudestrahlend einen Gast mit. Wanda war noch immer mit dem Abbau der alten Rüstung beschäftigt und bemerkte die beiden gar nicht. Deshalb erschrak sie fürchterlich, als Ronald in ihrem Rücken sagte: „Wanda, Schatz?"

Direkt neben Ronald stand ein hochgewachsener, hagerer Mann mit dunklen Haaren und Bart in einem ebenso dunklen Anzug. Er starrte sie aus finsteren Augen durchdringend an.

„Das ist Herr Mayerhofer", sagte Ronald außerordentlich höflich und blinzelte Wanda zu. „Und Herr Mayerhofer ist Antiquitätenhändler." *Antiquitätenhänd-*

ler. Bei all dem Gerümpel, das sie hier herumstehen hatten …

Wanda verstand sofort und blickte Herrn Mayerhofer freundlich an, nachdem sie sich von ihrem Schreck erholt hatte.

„Ich habe kürzlich bemerkt, dass Sie hier neu eingezogen sind", sagte Herr Mayerhofer ohne Umschweife. Trotz seines düsteren Erscheinungsbilds war auch er sehr höflich. „Und da dachte ich mir, vielleicht haben Sie das eine oder andere Stück, das Sie gerne …" Er ließ seinen Blick vielsagend zwischen Wanda und Ronald hin- und herwandern.

„… verkaufen wollen?", vollendeten die beiden seinen Satz, hocherfreut über den glücklichen Zufall, der ihnen diesen Herrn zur Tür hereingeweht hatte.

„Ähm, also …", stotterte Herr Mayerhofer, irritiert über ihren Eifer. „Ich bin vor allen Dingen an alten Uhren interessiert."

„Ja!", riefen Ronald und Wanda wieder wie aus einem Mund, und Ronald fuhr fort: „Ja, ich bin mir absolut sicher … also, wir zwei – Schatz, nicht wahr? –, wir zwei sind uns absolut sicher, dass wir die eine oder andere Uhr, überhaupt alte Sachen für Sie finden werden."

Wanda nickte eifrig. Alte Uhren? Na ja, das kam ihr ein bisschen komisch vor. Wer fragte denn bei einer Entrümpelung nach alten Uhren? Aber das konnte ihr auch egal sein. Sie würden schon dafür sorgen, dass dieser Herr nicht mit leeren Händen davonzog.

Herr Mayerhofer sah misstrauisch von Ronald zu Wanda. Diese beiden waren wirklich überglücklich über seinen Besuch. Das war er gar nicht gewohnt.

Wenn Binnys Eltern geahnt hätten, wer Herr Mayerhofer in Wirklichkeit war, dann wären sie sicher nicht so glücklich über seinen Besuch gewesen. Aber sie kannten Herrn Mayerhofer, wie er sich nannte, ja nicht. Im Gegensatz zu Binny und Melchior. Bei Herrn Mayerhofer handelte es sich nämlich um niemand anders als um Bodo. Bodo, der Gehilfe des Uhrenjägers Hubertus. Er hatte Binny auf dem Friedhof vor dem Grab von Melchiors Eltern angerempelt. Sein finsterer Herr im Verlies stellte unentwegt Nachforschungen über den Verbleib von Melchiors Uhr an. Bodo hatte den Auftrag, sie zu finden, koste es, was es wolle. Und er war Melchior, Binny und der Geisteruhr schon gefährlich nahe auf der Spur …

Auf der Suche nach Kaspar

Binny, Melchior und Oskar waren bei Oskars Wohnung angelangt, in der er gelebt hatte, bevor er ein Geist geworden war. Sie lag in einem alten Mietshaus im Erdgeschoss. Nach hinten ging es in einen kleinen Garten. Binny öffnete vorsichtig die Haustür und die drei traten ein.

„Hier habe ich gewohnt“, sagte Oskar und deutete nach rechts auf eine Wohnungstür.

„Da renoviert gerade jemand“, bemerkte Binny. Im Flur standen ein paar alte Regale und allerlei Utensilien für Handwerksarbeiten herum: eine Leiter, ein Tapeziertisch, Tapeten, Kleister und Farbe. Die Tür zur Wohnung stand offen.

Melchior hatte sein Interesse an der Hundesuche bereits verloren. Seit er in Oskar einen wissbegierigen Schüler gefunden hatte, war er nur noch damit beschäftigt, ihm wichtige Geisterlektionen zu erteilen. Zumindest nannte er das so. Binny bezeichnete es eher als Schabernacktreiben. Auf jeden Fall war er gerade mitten in einer Lektion für angehende Geister.

„Wenn du jemand erschrecken willst", flüsterte er Oskar zu, „zählt der Überraschungsmoment." Und er verschwand durch die Wand in die Wohnung.

„Aber … aber …", stotterte Oskar überrascht. „Ich bin noch nie durch eine Wand gegangen."

Einen Moment lang passierte gar nichts. Dann ragte plötzlich Melchiors Kopf aus der Mauer. Er sah Oskar erschüttert an. „Wirklich nicht?" Dieser Junge hatte ja gar keine Ahnung vom Geisterdasein! Auf einmal zog sich ein Lächeln über sein Gesicht. Das war ja herrlich: Er konnte ihm alles beibringen, was er selbst wusste!

„Es ist total einfach. Sieh mal. Es kitzelt nur ein bisschen." Und damit verschwand Melchiors Kopf wieder in der Wand und hinterließ nur einen leichten Hauch Geisterstaub in der Luft.

Oskar war anzusehen, dass er nicht so genau wusste, was er davon halten sollte. Er jedenfalls würde bei solchen Experimenten sehr vorsichtig sein. Wer wusste schon, was da alles passieren konnte? Und dass Melchior, immerhin ein Geist mit hundertjähriger Erfahrung, durch Wände gehen konnte, hieß noch lange nicht, dass er, ein kleiner Junge, das auch konnte. Wie auch immer: Oskar blieb stehen und rührte sich nicht vom Fleck.

Binny achtete gar nicht auf Melchior. Sie hatte ihr Ziel, Oskars Hund zu finden, jedenfalls noch nicht aus den Augen verloren. Doch als sie gerade zur Wohnungstür gehen wollte, sprang plötzlich Melchior direkt vor ihr aus der Wand und fauchte wild. Binny erschrak zu Tode. „Melchior!“, rief sie aufgebracht. „Was soll denn das?“

Melchior lachte und sah Oskar an, als wollte er sagen: Siehst du? So geht das.

Oskar grinste über beide Backen. Okay, mit diesem Durch-Wände-gehen-Trick war schon etwas anzufangen … Trotzdem würde er das in Ruhe üben müssen.

„Wenn du erlaubst …“, sagte Melchior hoheitsvoll zu Binny. „Ich unterrichte gerade.“

Binny nickte genervt. Wie konnte man so einen Blödsinn nur Unterricht nennen? Sie wäre ernstlich sauer geworden, wenn in diesem Augenblick nicht ein Mann aus Oskars früherer Wohnung gekommen wäre. Er machte einen sehr unzufriedenen Eindruck und meckerte ärgerlich vor sich hin.

„Was ist denn jetzt schon wieder los? Es ist doch Mittagszeit. Und ständig dieser Krach ... Tagsüber Lärm von den Kindern, nachts bellt der Hund ... Es ist nicht zum Aushalten. Hat man denn hier nie seine Ruhe? Ach, wäre ich doch in Schwetzingen geblieben." Nicht nur der Ort Schwetzingen, auch sein Dialekt war ein eindeutiger Hinweis darauf, dass der Mann aus dem Schwäbischen nach Berlin gekommen war. Und seiner Laune nach zu urteilen war das nicht ganz freiwillig geschehen.

„Hundegebell?" Binny horchte auf. „Hier im Haus? Ich suche einen Hund."

„Ist das deiner, der hier nachts immer vor dem Fenster zum Garten jault?" Der Mann warf Binny einen strengen Blick zu.

„Das war mein Fenster", flüsterte Oskar Binny zu. „Bestimmt ist das Kaspar. Er vermisst mich."

„Es ist der Hund von einem Freund", sagte Binny ausweichend. Bei der Laune, die der Mann hatte, wollte sie nicht gern für die Ruhestörung verantwortlich sein, die ihm so auf die Nerven ging.

„Und dann kommt ja noch ... kommt ja noch ...", stammelte der Mann und zog eilig ein Taschentuch hervor. Er musste niesen und schnäuzte sich kräftig die Nase. „Und dann kommt ja noch meine Hundeallergie dazu."

Binny wich erschrocken zurück, während Oskar sich umsah. Auf einem der alten Regale im Flur entdeckte er ein Foto. Es zeigte einen lustigen, fast weißen Hund mit ein paar braunen Flecken und einer spitzen Schnauze. Auf dem Bild sah er aus, als würde er lachen.

„Das ist Kaspar. Das Foto hing bei uns am Kühlschrank", sagte Oskar.

„Darf ich das mal sehen?", fragte Binny den Mann und zeigte auf das Bild.

Der Mann war ganz mit seiner Nase beschäftigt und schnuffelte in sein Taschentuch. „Ja", sagte er schließlich. „Das habe ich beim Renovieren gefunden. Du kannst es gerne mitnehmen."

Seine Nase hatte sich wieder beruhigt. Aber nur kurzfristig. Seine Niesattacke hatte Melchior nämlich das Thema seiner nächsten Lektion eingegeben. Und das war ja sozusagen sein Paradetrick. Er grinste listig.

„Pass auf", sagte er zu Oskar. „Unter Geistern ist das

der Klassiker schlechthin." Er rieb seine Finger direkt unter der Nase des Mannes aneinander und erzeugte einen Hauch glitzernden Geisterstaubs. Der stieg dem Mann in die Nase und löste sofort einen weiteren Niesanfall aus.

„Ach du liebe Zeit", stöhnte er verzweifelt. „Bin ich jetzt auch schon gegen *Hundefotos* allergisch?"

„Ähm, ich glaube, ich gehe dann mal lieber mit meinem Foto", sagte Binny und lächelte gequält. Schnell machte sie sich aus dem Staub, bevor der Mann es sich mit dem Foto noch einmal anders überlegte. Und es gab ja wirklich keinen Grund, länger zu bleiben. Melchior würde sonst bestimmt noch eine Menge einfallen, um diesen jammernden Menschen vollends in den Wahnsinn zu treiben.

„Mit dem Foto steigen unsere Chancen, Kaspar zu finden", meinte Binny zuversichtlich, als sie wieder zu dritt die Straße entlanggingen. „Wir könnten beispielsweise Suchzettel anfertigen." Ihr Blick fiel auf eine Straßenlaterne. „So wie die da."

Sie waren offensichtlich nicht die Einzigen, die ein Haustier vermissten. Der Laternenmast, die Wand des Hauses daneben und sogar ein Baum waren mit Suchzetteln beklebt. Hunde aller Rassen, Farben und Größen wurden gesucht. Binny und Melchior staunten, wie viele es waren. Und darüber, wie viel Finderlohn die Leute bezahlen wollten …

„Fünfhundert Euro Belohnung!", rief Melchior fassungslos und betrachtete das Foto eines kleinen, dicken Hundes, der – so stand es auf dem Zettel – auf den Namen Lucy hörte.

Auch Binny sah sich das Foto des Hundes an, als eine junge Frau auf sie zukam.

„Das ist meine Lucy", sagte sie traurig. „Hast du sie zufällig gesehen?"

Binny schüttelte den Kopf. „Nein, tut mir leid. Ich suche selber einen Hund. Das ist Kaspar." Sie zeigte ihr das Foto von Oskars Hund.

„Ist das nicht schrecklich?" Die junge Frau warf nur einen flüchtigen Blick auf das Bild. „Lucy ist noch nie weggelaufen. Ich habe sie schon überall gesucht. Am Kanal, im Park, in der Metzgerei in der Kniebitzstraße …"

„Die Metzgerei kenne ich!", rief Oskar aufgeregt. „Da waren wir auch immer."

Binny sah von der jungen Frau zu ihm und wieder zurück. Dann schüttelte sie unwirsch den Kopf.

Manchmal fiel es ihr immer noch schwer, sich auf ihre Geisterfreunde und gleichzeitig auf einen anderen Menschen zu konzentrieren. Die junge Frau konnte ja weder Melchior noch Oskar sehen … Binny musste wirklich aufpassen, dass sie sich nicht verplapperte. Sonst würden die Leute noch denken, sie würde mit sich selbst sprechen. Oder noch schlimmer …

„Die Metzgerei ist bekannt dafür, dass sie ein Herz für Hunde hat. Da fällt meistens eine Wurst oder ein Knochen ab", fuhr die Frau fort. Sie war in Gedanken ganz mit ihrer Lucy beschäftigt und hatte Binnys seltsame Reaktion gar nicht bemerkt.

„Wenn Kaspar Hunger hat, dann war er ja vielleicht dort", meinte Binny.

Die junge Frau lächelte. „Vielleicht können wir ja Nummern austauschen? Falls du etwas hörst, oder ich?"

„Mhm." Binny nickte eifrig. Das war eine gute Idee. „Wie heißt du?", fragte sie und zog ihr Handy aus der Tasche.

„Amanda", sagte die Frau.

„Binny", sagte Binny und beide tippten den Namen und die Nummer in ihr Handy.

„Also, du kannst mir sagen, was du willst", meckerte

Melchior und sah Oskar an. „Aber diese komischen Quatschkisten hat heutzutage ja wohl jeder. Dämlich." Mit manchen Dingen der modernen Welt würde er sich wohl nie anfreunden können …

Oskar grinste. Na und?, dachte er. Das war ja wohl nichts Neues mehr. Zumindest in dem Punkt war er seinem Geisterlehrer meilenweit voraus. Schließlich war er mit Handys aufgewachsen, während in Melchiors Jugend die Erfindung des Telefons noch gar nicht so lange her war.

Nachdem Binny mit Amanda die Handynummern getauscht hatte, machte sie sich mit Oskar und Melchior auf den Weg zur Metzgerei in der Kniebitzstraße. Schon von Weitem sah sie die Metzgerin, die gerade eine Tafel vor ihrem Schaufenster aufstellte.

„Entschuldigen Sie", rief sie, „haben Sie in letzter Zeit vielleicht diesen Hund gesehen?" Binny zeigte ihr das Foto von Kaspar.

„Ja, klar doch", meinte die Metzgerin gutmütig. „Der kam erst neulich halb verhungert hier an."

„Juhu", flüsterte Oskar. Kaspar lebte also noch! Ihm fiel ein Stein vom Herzen.

„Ist er weggelaufen?", fragte die Metzgerin.

„Sozusagen", sagte Binny. Sie konnte ihr ja schlecht erzählen, dass der Besitzer hier neben ihr stand, aber leider ein Geist und deshalb unsichtbar war. Bei dem Gedanken musste sie kurz lächeln.

„Hm", brummte die Metzgerin. „Hast du es schon mal im Tierheim versucht? Heute Morgen waren zwei Männer hier und haben Fleisch gekauft. Sie haben den Auftrag, solche Ausreißer einzufangen, sagten sie."

„Wissen Sie, für welches Tierheim sie arbeiten?", fragte Binny hoffnungsvoll.

Die Metzgerin blies die Backen auf und dachte nach. „Also, die hatten so einen Kleintransporter", sagte sie dann. „Aber, ich habe, ehrlich gesagt, nicht darauf geachtet, was draufstand."

Hinter sich hörte Binny auf einmal ein leises Kichern. Das konnte nur eines bedeuten: Während sie sich die Hacken ablief und nach Oskars Hund suchte, hatte Melchior schon wieder Unsinn im Kopf.

Aus den Augenwinkeln sah sie ihre zwei Geister vor dem Schaufenster stehen. Melchior hatte offensichtlich die nächste Lektion für Oskar parat. Er konnte zwar nichts in die Hand nehmen, weil er ja durchlässig war wie Luft. Aber irgendwie hatte er es geschafft, dass er mithilfe seines kleinen Fingers Knöpfe drücken und kleine, leichte Gegenstände verschieben konnte. Das versuchte er Oskar beizubringen. Er stieß das Komma eines Preisschilds so lange an, bis es hinunterfiel. Und anstatt 10,99 Euro pro Kilogramm kostete das Schweineschnitzel auf einmal 1099 Euro. Binnys Geisterjungs kicherten vor Vergnügen, aber Binny fand es nicht gerade lustig, jemandem, der einem half, auch noch einen Streich zu spielen.

Die Metzgerin hatte nichts von alldem bemerkt. „Weißt du was?", fiel ihr plötzlich ein. „Es gibt ja sowieso nur noch ein Tierheim hier. Das andere musste dichtmachen."

Das war traurig für die Tiere, erleichterte Binnys Suche aber ungemein.

„Prima. Dann fragen wir jetzt im Tierheim nach", sagte sie erfreut. „Vielen Dank."

Sie machte sich auf den Weg zum Tierheim. Bei der Suche nach Kaspar kamen sie besser voran, als sie gedacht hatte. Vielleicht hatten ihn die Helfer vom Tierheim ja eingefangen und sie konnte ihn gleich mitnehmen …

„*Wir?*" Die Metzgerin sah ihr verwundert nach. Wenn sie es recht bedachte, war das Mädchen etwas verwirrt gewesen. Aber vielleicht lag das ja auch an der Sorge um ihren Hund.

Sie hatte keine Zeit, sich weiter Gedanken über Binny zu machen. Ihr Blick fiel auf das Preisschild für Schweineschnitzel und unwillkürlich musste sie lachen. Kein Wunder, dass heute niemand nach Schnitzel fragte. 1099 Euro fürs Kilogramm? Sie schüttelte den Kopf. Da hatte sie wohl ein ganz entscheidendes Komma vergessen …

Im Tierheim jaulte, winselte und bellte es aus allen Ecken und Winkeln. Kleine und große, junge und alte, einfarbige und gefleckte Hunde kletterten auf Kisten herum oder saßen hinter den Gittern ihrer Zwinger und sahen sehnsüchtig nach draußen.

„Tut mir leid, aber der ist nicht bei uns", sagte die Tierpflegerin, nachdem sie das Foto von Kaspar eingehend studiert hatte. Sie hielt einen dünnen, gescheckten Hund an der Leine und streichelte ihn. „Und ich kenne, ehrlich gesagt, kein einziges Tierheim, das noch Streuner einsammelt. Ganz zu schweigen davon, dass wir uns einen Transporter sowieso nicht leisten können. Da muss sich die Dame irgendwie verguckt haben."

Binny sah die Pflegerin verwundert an. Das kam ihr sehr seltsam vor. Die Metzgerin hatte eigentlich einen ganz vernünftigen Eindruck auf sie gemacht. Was für einen Grund sollte sie haben, ihr etwas zu erzählen, was nicht stimmte?

Plötzlich fingen die Hunde in den Zwingern an, wie wild zu bellen.

„Sheeba, aus!", rief die Pflegerin. „Franzi, was soll denn das? Ach …" Sie sah Binny an und verschwand nach hinten zu den Hundezwingern.

Binny verdrehte die Augen. Sie konnte sich schon denken, wer hinter dem Tohuwabohu steckte. Kurz darauf kamen Melchior und Oskar ganz außer Atem von dort angelaufen.

„Und? Was hast du rausgefunden?", fragte Melchior, bevor Binny ihn fragen konnte, was er wieder angestellt hatte. Sie wollte gerade zu einer Strafpredigt ansetzen, als ihr Handy klingelte.

„Nicht schon wieder", stöhnte Melchior. Diese Dinger waren so was von lästig …

Binny nahm ab. *„Binny?"* Das war Amandas Stimme. *„Hey, weißt du was? Das Tierheim hat gerade angerufen. Sie haben Lucy gefunden."*

Binny traute ihren Ohren nicht. Wie konnte das

sein? „Das Tierheim?“, fragte sie ungläubig. „Weißt du, welches?“

„Du, ich habe keine Ahnung.“ Amanda klang ganz aufgeregt und es war ihr wohl auch egal. *„Auf jeden Fall bringen sie Lucy heute Nachmittag vorbei. Ist das nicht fantastisch? Ich dachte, ich erzähle es dir gleich. Gibt es denn irgendetwas Neues von deinem Hund?“*

„Leider noch nicht.“ Binny überlegte. Gerade hatte ihr die Pflegerin erzählt, sie würden schon lange keine streunenden Hunde mehr einsammeln und das Tierheim hätte nicht einmal Geld für einen Transporter. Und dann sollten sie die eingefangenen Hunde gleich noch nach Hause liefern? Da war doch etwas faul.

„Amanda? Könnte ich vielleicht vorbeikommen, wenn sie Lucy bringen?“, fragte Binny. Das war die einfachste Möglichkeit, um zu erfahren, wer hinter diesem dubiosen Lieferservice steckte …

„Klar“, rief Amanda, *„warum nicht? Ich freue mich so!“*

Zwei zwielichtige Hunderetter

Die beiden Männer, die am Nachmittag bei Amanda klingelten, sahen alles andere als vertrauenswürdig aus. Sie traten von einem Fuß auf den anderen und starrten finster vor sich hin. Der eine war dick und unrasiert. In seinen Armen hielt er eine schwarz-weiß gescheckte französische Bulldogge. Das musste die lange vermisste Lucy sein – oder zumindest ein Hund, der ihr zum Verwechseln ähnlich sah. Dem anderen standen seine roten Haare wirr nach oben. Die Farbe biss sich mit seinem leuchtend grünen T-Shirt. Ab und zu warf er einen grimmigen Blick auf den Hund. Die beiden wirkten nicht gerade, als wären sie besonders tierlieb.

Als Amanda die Tür öffnete, setzten beide plötzlich

ein freundliches, schmieriges Lächeln auf. Aber Amanda hatte nur Augen für die Bulldogge. Und es war tatsächlich Lucy! Als sie Amanda sah, fing sie an zu jaulen und wollte sich aus den Armen des Dicken winden, um zu ihr zu laufen. Amanda strahlte und nahm dem Hundefänger den Hund ab.

„Lucy!", rief sie überglücklich. „Hast du mir einen Schrecken eingejagt, du kleiner Ausreißer." Und sie drückte den dicken Hund fest an sich.

Binny war mit Melchior und Oskar schon vor den Hundefängern da gewesen. Die drei hatten sich in der Küche versteckt. Jetzt schlich Binny vorsichtig den Gang entlang und linste um die Ecke. Sie wollte sich die Hunderetter unbedingt genauer ansehen. Nach allem, was sie im Tierheim erfahren hatte, konnte mit den beiden etwas nicht stimmen. Aber es gab keinen Zweifel: Sie brachten Lucy zurück.

„Vielen Dank", sagte Amanda gerade zu dem einen mit den roten Haaren. „Kann ich Ihnen vielleicht irgendetwas anbieten? Einen Kaffee oder so was?"

„Nein, nein", sagte der Rothaarige eilig. „Wir müssen gleich weiter." Er zeigte auf einen kleinen Transporter, der mit offener Hecktür auf der Straße stand. Er stieß seinen dicken Kumpel mit dem Ellbogen an.

„Äh, ja", stotterte der Dicke mit heiserer Stimme. „Es gibt ja noch so viele andere Tiere, die unsere Hilfe brauchen."

Binny runzelte die Stirn. Von ihrem Versteck aus beobachtete sie die beiden genau.

„Warum sind die nur so nervös?", flüsterte sie leise vor sich hin. Dafür gab es doch eigentlich keinen Grund. Man hatte den Eindruck, die beiden wollten nichts lieber, als schleunigst zu verschwinden und sich in irgendeiner Ecke zu verkriechen. Trotzdem machten sie keine Anstalten zu gehen. Im Gegenteil: Sie sahen Amanda erwartungsvoll an und traten wieder verlegen von einem Fuß auf den anderen.

Auch Amanda war irritiert. Doch plötzlich ging ihr ein Licht auf. „Ach ja", rief sie und lachte, „Ihre Belohnung!"

„Oooch", machten der Rothaarige und der Dicke gleichzeitig und winkten bescheiden ab.

„Nein, nein", sagte Amanda bestimmt. „Ich bestehe darauf." Sie setzte Lucy ab, um das Geld zu holen, das sie als Finderlohn ausgesetzt hatte.

Während sie im Flur in ihrer Tasche kramte, warteten die beiden ungeduldig an der Tür. Der Rothaarige sah sich nach dem Transporter um, und als Amanda nicht gleich wiederkam, versuchte er Lucy zu streicheln. Aber der Hund wich erschrocken zurück und kläffte ihn wütend an.

„Lucy!“, rief Amanda empört aus dem Flur. „Das tut mir jetzt aber furchtbar leid“, sagte sie zu den Männern. „Das ist vielleicht die Aufregung. Normalerweise macht sie so was nicht.“

Doch der Hund ließ sich kaum beruhigen und hörte gar nicht mehr auf zu kläffen.

Binny staunte. Auch das kam ihr sehr merkwürdig vor. „Lucy mag die beiden aber nicht so gerne“, flüsterte sie Melchior und Oskar zu.

„Warum fragst du sie nicht nach Kaspar?“, fragte Oskar ungeduldig. Ob Lucy die Tierfänger mochte oder nicht, war ihm ziemlich egal.

„Ich frage mich gerade eher, seit wann Tierheime Belohnungen kassieren dürfen“, erwiderte Binny. Die Sache wurde immer seltsamer. „Zwei Männer und ein Transporter ...“ Der Wagen war ohne Aufschrift, zumindest konnte Binny von ihrem Versteck aus nichts erkennen.

„Dann schau ich eben selber nach, ob sie Kaspar haben“, sagte Oskar und rannte einfach los. Was gab es da schon lange zu überlegen? Schließlich konnte ihn ja niemand sehen. Und wenn Kaspar da drin saß, würde er seine Spur vielleicht wieder verlieren, nur weil Binny gezögert hatte …

„Oskar!", rief Melchior erschrocken. Aber es war zu spät. Der Kleine war schon an den beiden Männern vorbei zum Auto gerannt. Was sollten sie jetzt tun? Wenn Oskar in den Transporter kletterte und die beiden losfuhren, würden sie ihn nie wiederfinden.

Amanda hatte endlich ihren Geldbeutel aus der Tasche gekramt und kam zur Tür zurück. Gierig streckte der Dicke seine Hand aus, aber der Rothaarige gab ihm einen Klaps. Erschrocken zog er sie wieder zurück. Es war den beiden anzusehen, wie scharf sie auf das Geld waren.

Binny schüttelte nachdenklich den Kopf. Ihre Nervosität, die kläffende Lucy, jetzt die Gier nach dem Geld … Es sah nicht so aus, als ginge es ihnen in erster Linie um das Wohl der Hunde und ihrer Besitzer.

„Ach, Entschuldigung", sagte Amanda verlegen. „Wir hatten, glaube ich, fünfhundert gesagt?"

„Ja." Der Rothaarige nickte eifrig und lachte übertrieben freundlich.

Amanda drückte ihm das Geld in die Hand. „Vielen Dank noch mal", sagte sie glücklich. Ihr bedeuteten die fünfhundert Euro nichts. Hauptsache, sie hatte ihre Lucy wieder.

Auf einmal hatten es die beiden Hunderetter furchtbar eilig. „Ja, dann", sagte der Dicke mit einem schnellen Blick auf die Geldscheine. „Tschüs."

„Tschüs", rief auch der Rothaarige und weg waren sie.

Während Amanda den Hundefängern das Geld aushändigte, waren Binny und Melchior schnell zur Hintertür geeilt, die zur Garage führte. Sie konnten Oskar unmöglich allein lassen. Noch dazu, wo diese beiden Gestalten mehr als zwielichtig wirkten. Von der Garage aus waren sie hinter ihrem Rücken zum Transporter geschlichen. Oskar saß hinten im Laderaum und durchsuchte ihn.

„Kaspar muss hier gewesen sein!", rief er, als Binny und Melchior auftauchten.

Binny sah Melchior überrascht an. Die Hundefänger hatten also nicht nur Lucy, sondern auch Kaspar. Was sollten sie nur tun? Aber zum Nachdenken blieb keine Zeit, denn die beiden konnten jeden Augenblick zurückkommen. Kurzentschlossen sprangen Binny und Melchior zu Oskar in den Transporter.

„Das ist seine Hundemarke", sagte Oskar aufgeregt.

Binny nahm eine kleine Plakette, die neben einer Transportbox für Hunde auf dem Boden lag. Tatsächlich, auf dem kleinen weißen Schild war in schwarzen Buchstaben „Kaspar" eingraviert. Daneben lag ein zerknülltes Papier mit der Aufschrift „Fleisch- und Wurstwaren". „Das Papier ist von der Metzgerei", sagte sie.

Die drei waren so beschäftigt, dass sie gar nicht bemerkten, dass der Rothaarige und der Dicke mit dem Geld in der Hand zurückkamen. Als Binny sie hörte, war es zur Flucht zu spät. Wie erstarrt blieb sie sitzen.

„Du hast ja die Tür offen gelassen", zischte der Rothaarige wütend und gab dem Dicken einen unsanften Klaps auf den Hinterkopf.

„Aua! Mann, ey", sagte der Dicke beleidigt und schlug die Tür zu.

Binny atmete auf. Aber heraus kamen sie jetzt auch nicht mehr. Sie mussten wohl oder übel mitfahren.

„Na, wenigstens sind wir diese kleine, bisswütige Töle endlich los", sagte der Rothaarige.

Der Dicke lachte gemein. „Ja, und den Hund auch", meinte er. Er schien nicht gerade der Hellste zu sein. Und beide, so viel stand nach dieser kurzen Unterhaltung fest, waren ganz sicher keine großen Tierfreunde.

Mit einem Affenzahn düsten die beiden Hundefänger durch halb Berlin. Und ohne es zu wissen, transportierten sie Binny und zwei Geister hinten in ihrem Laderaum.

Mit einem Blick durch ein kleines Seitenfenster stellte Binny fest, dass sie in alle möglichen Richtungen fuhren, nur nicht zurück zum Tierheim. Und spätestens als sie vor einem alten, stillgelegten Fabrikgebäude bremsten, aus dessen blinden, teilweise zerbrochenen Fenstern lange Abluftschläuche hingen, war klar, dass der Rothaarige und der Dicke auf keinen Fall für das Tierheim arbeiteten.

„Ed!", rief der Rothaarige fröhlich und rieb sich die Hände, als sie die quietschende Tür zum Lager der alten Fabrik aufstießen. „Sie hat sogar noch einen Fünfziger draufgepackt."

„Mensch, Fred. Es geht doch nichts über verzweifelte Hundebesitzer." Der dicke Ed lachte dröhnend.

Von draußen war kein Mucks zu hören gewesen, aber sobald die beiden den großen Lagerraum betreten hatten, brach ein ohrenbetäubendes Gebell los. Das Lager war vollgestellt mit alten Gitterboxen und Kisten. Und mitten in der Halle stand ein großer Käfig, in dem sich alle Arten von Hunden tummelten. Es sah beinahe aus wie im Tierheim, nur dass Fred und Ed sicher andere Interessen verfolgten.

Binny, Melchior und Oskar waren den Männern gefolgt. Sobald sie in der Halle waren, stürmte Oskar schnurstracks auf den Zwinger zu.

„Kaspar!", rief er voller Freude. „Geht's dir gut?"

Zwischen den anderen Hunden war auch ein weißbraun gefleckter, der jaulte und wie wild mit dem Schwanz wedelte, als er Oskar entdeckte. Endlich hatte Oskar seinen Kaspar gefunden! Und Kaspar konnte ihn sehen und hören. Offensichtlich waren Hunde wesentlich feinfühliger als Menschen, wenn es um Geister ging. Und doch: Es hätte nicht schlimmer kommen können, denn Kaspar war in der Hand dieser schrägen Vögel. Und die hatten an den Hunden offensichtlich nur ein Interesse, wenn es einen dicken Finderlohn zu kassieren gab.

„Braver Junge", sagte Oskar. „Hab keine Angst, wir holen dich hier raus."

Kaspar bellte wie wild, als hätte er verstanden, was Oskar gesagt hatte. Das passte Fred ganz und gar nicht. „Schnauze!", schrie er wütend und ging hinüber zum Käfig. „Ich kann dieses Gekläffe nicht mehr ertragen."

Kaspar zog den Schwanz ein, winselte und verzog sich in eine Ecke des Käfigs. Fluchend verließ Fred das Lager und ging nach hinten in ein kleines Büro, das nur mit einem Schreibtisch, ein paar Stühlen und einem großen Metallschrank eingerichtet war.

Der dicke Ed sah ihm nach. „Na, Stella", sagte er zu einem großen schwarzen Dobermann, nachdem sein Kumpel weg war. „Hast du schon wieder Hunger?" Er zog eine Minisalami aus der Tasche, riss die Folie auf und hielt die Wurst dicht ans Gitter von Stellas Käfig.

Der Hund jaulte und versuchte die Wurst zu schnappen. Doch bevor er sie erwischte, zog sie der Dicke blitzschnell weg und biss genüsslich selbst hinein.

„Mmmh", machte er und sagte kauend mit vollem Mund: „Oh, das tut mir jetzt leid. Aber die Wurst hat wirklich sehr gut geschmeckt." Er lachte böse und folgte Fred nach hinten ins Büro.

Oskar war fassungslos. Nicht nur, dass die beiden die Hundebesitzer um eine Menge Geld brachten. Was Ed da machte, war echt nicht nett. Wie konnte man nur so skrupellos sein?

Binny in Schwierigkeiten

Binny und Melchior hatten sich hinter ein paar Gitterboxen nahe dem Eingang der Lagerhalle versteckt. Auch sie waren fassungslos über die Gemeinheit der beiden sogenannten Hunderretter. Sobald der dicke Ed im Büro verschwunden war, liefen sie zu Oskar und Kaspar und sahen sich um. Auf einem kleinen Schreibtisch zwischen den Käfigen entdeckte Binny jede Menge Suchzettel. Ein paar waren zerknüllt oder durchgestrichen, andere sahen ganz neu aus.

„Von wegen Tierheim", murmelte Binny. „Die beiden retten keine Hunde. Sie entführen sie." Zwischen all den Blättern fand sie auch Amandas Vermisstenanzeige, mit der sie nach Lucy gesucht hatte. „Dann warten sie, bis die Besitzer Suchzettel mit Belohnungen aushängen, und dann …"

„… kassieren sie ab", vollendete Melchior ihren Satz. „Welch hundsgemeine Frechheit. Im wahrsten Sinne des Wortes."

Binny nickte grimmig. Sie war empört. So etwas Gemeines hatte sie noch nie gesehen. Sie schlich mit Melchior zurück zum Hundezwinger und versuchte das große Schloss an der Käfigtür aufzubrechen. Die Hunde spürten, was sie vorhatte, und fingen an, laut zu jaulen und zu bellen. Doch das erregte sofort die Aufmerksamkeit der beiden Ganoven in ihrem Büro.

„Schnauze da draußen!", brüllte Fred böse, ohne sich die Mühe zu machen, aufzustehen. Er fläzte am Schreibtisch und sah Ed zu, der Karten mischte. Bis zu ihrem nächsten Anruf bei einem Hundebesitzer war noch ein bisschen Zeit. Die wollten sie sich mit einem kleinen Spielchen vertreiben. Und zwar ohne Hundegebell.

Erschrocken hielt Binny inne. Sie wollte die beiden auf keinen Fall auf sich aufmerksam machen. Aber andererseits konnte sie die Hunde nicht einfach ihrem Schicksal überlassen. Hier waren sie den Männern auf Gedeih und Verderb ausgeliefert.

„Du musst dich beeilen", flüsterte Melchior, obwohl ihn außer Binny und den Hunden sowieso niemand hören konnte.

„Das ist nicht so einfach", sagte Binny leise. Aber er hatte recht. Ohne Lärm würde sie die Hunde nicht befreien können, also musste es schnell gehen. Verzweifelt sah sie sich um. Alles, was sie finden konnte, war ein alter Besenstiel. Trotzdem: Vielleicht würde sie damit das Schloss ja aufbrechen können! Sie quetschte den Stiel zwischen die Tür und den Rahmen des Käfigs und drückte mit aller Kraft. Die Gittertür bog sich und der Besenstiel auch. Auf einmal gab es einen lauten Knall. Aber leider war nicht das Schloss aufgegangen, sondern der Besenstiel abgebrochen.

Fred und Ed sprangen auf. Das waren keine Hunde gewesen. Wie der Blitz kamen sie aus ihrem Büro geschossen und entdeckten Binny vor dem Hundezwinger.

„Na, sieh mal an, eine kleine Schnüfflerin", knurrte der dicke Ed.

„Ja", sagte Fred und starrte Binny mit funkelnden Augen wütend an. „Aber eine ohne Fell."

Die beiden Halunken waren langsam auf Binny zugegangen. Doch plötzlich machte Fred einen Satz nach vorne und rannte los. Binny, die wie erstarrt beim Zwinger gestanden hatte, raste ebenfalls los. Sie versuchte den Ausgang zu erreichen oder sich wenigstens zwischen den Gitterboxen zu verstecken. Aber kurz bevor sie die Tür erreichte, bekam Fred sie an den Schultern zu fassen. Der dicke Ed kam keuchend hinterher.

Binny versuchte sich loszureißen, aber es war vergeblich. Fred hielt sie mit hartem Griff fest und führte sie zum Hundezwinger zurück. Dort fesselte er ihre Beine und band ihre Hände mit einer Leine ans Gitter. Binny konnte sich nicht mehr rühren.

„Spätestens wenn meine Eltern mich heute Abend vermissen ...", rief sie verzweifelt.

„... haben sie überhaupt keine Ahnung, wo ihr kleines, vorlautes Töchterchen wohl stecken mag", unterbrach sie der Dicke.

„Ich hoffe, du magst Hundefutter", flüsterte Fred heiser und lachte böse.

Dann gingen die beiden einfach zurück in ihr Büro und spielten weiter Karten.

Melchior und Oskar hatten die ganze Verfolgungsjagd tatenlos mit ansehen müssen. Sie standen immer noch wie erstarrt am selben Ort. Melchior war vor

Wut fast geplatzt, aber wie hätte er Binny helfen sollen?

Kaum waren die beiden verschwunden, eilte er zu ihr und versuchte die Fesseln mit der Kraft in seinem kleinen Finger zu lösen. Aber es war vergeblich.

„Keine Chance für Geisterhände“, sagte er und gab auf. Gegenstände durch die Gegend fliegen zu lassen oder ein Komma von einer Preistafel zu lösen war kein Problem. Aber festgeschnürte Fesseln lösen konnte er nicht.

„Ihr müsst euch etwas einfallen lassen!“, rief Binny aufgeregt. Mit diesen beiden Hundeentführern war wirklich nicht zu spaßen. „Holt Hilfe. Irgendwie.“

Leicht gesagt. Oskar und Melchior sahen sich an. Außer Binny und den Hunden konnte sie ja niemand hören, geschweige denn sehen. Und doch: Es musste ihnen etwas einfallen. Sie konnten Binny nicht einfach den Entführern überlassen. Melchior sprang entschlossen auf und verließ mit Oskar die Lagerhalle. Binny blieb mit den Hunden allein zurück.

„Und wann willst du den nächsten Hundebesitzer anrufen, Fred?“, fragte der Dicke. Die beiden Ganoven saßen wieder im Büro und spielten Karten.

„Ich habe dem nächsten schon auf die Mailbox gesprochen.“ Fred zeigte Ed sein Handy und warf es dann achtlos auf den Tisch. „Immer hübsch einer nach dem anderen. Außerdem: Je länger sie warten müssen, desto großzügiger wird der Finderlohn ausfallen.“ Die beiden sahen sich an und brachen in fieses Gelächter aus.

Unbemerkt von ihnen waren Melchior und Oskar ins Büro gekommen und belauschten sie. Melchior kochte vor Wut. Solche Schufte waren ihm noch nicht untergekommen. Alles, was er mit Binny bis jetzt erlebt hatte, war im Vergleich dazu harmlos. Aber das half ihm nicht weiter. Er musste Binny helfen, und wenn er wütend war, konnte er nicht vernünftig nachdenken.

„Wir müssten eine Brieftaube haben“, sagte er zu Oskar, als er sich ein wenig beruhigt hatte. „Dann könnte ich versuchen, eine Nachricht zu Papier zu bringen, und …“

„Oder wir schreiben einfach eine SMS mit dem Handy“, unterbrach ihn Oskar.

Melchior sah ihn verdutzt an. Eine SMS. Da wäre er im Leben nie drauf gekommen. Aber Oskar hatte recht. In diesem Fall könnte ein Handy ausnahmsweise nützlich sein. Und glücklicherweise lag das von Fred immer noch auf dem Schreibtisch.

„Kannst du den Quatschkasten bedienen?", fragte Melchior Oskar unsicher.

Oskar grinste. Natürlich konnte er. Nichts leichter als das.

„Na, prima", sagte Melchior erfreut. „Fräulein Oskar, bitte zum Diktat."

Binnys Eltern ahnten nicht, wo sich ihre Tochter gerade befand. Sie waren immer noch beim Entrümpeln und standen auf dem Dachboden. Dort lagen all die alten Stühle, Kisten, Kartons und der Krimskrams, den Binny und Melchior zurückgelassen hatten, als sie ohne Zögern den durchdringenden Pfiffen gefolgt waren, die sie durchs Fenster gehört hatten.

„Oje", stöhnte Ronald, als er den riesigen Berg mit Gerümpel sah.

„So richtig weit ist Binny mit dem Aufräumen ja nicht gekommen", sagte Wanda ärgerlich und stemmte die Hände in die Hüften.

„Nö", meinte Ronald. „Nun ja, ich würde vorschlagen, wir ..." Er sah sich suchend um und griff sich eine leere Kiste, die auf dem Boden stand. „Wir bringen die Sachen einfach runter zu dem anderen Zeug. Und wenn wir Glück haben, kauft uns Herr Mayerhofer das auch noch ab. Sonst bringen wir es eben auf den Sperrmüll.“ Mit diesen Worten warf er ein staubiges Kissen in die Kiste.

Wanda musste husten, während Ronald den anderen Krempel aufsammelte. Dabei fiel ihm auch die hölzerne Schatulle in die Hände, in der Melchiors Eltern die Uhr aufbewahrt hatten.

„Ach“, sagte er und zeigte Wanda die Schachtel. „Hat Herr Mayerhofer nicht gesagt, er sammelt alte Uhren? Hier ist wenigstens eine draufgemalt.“

Wanda nahm ihm die Schachtel ab und betrachtete sie nachdenklich. Tatsächlich, oben auf den Deckel war eine schöne Uhr gemalt. Sie klopfte mit den Fingern darauf.

„Ich frage mich nur, wo Binny ist“, sagte sie nachdenklich.

Eine tierische Befreiung

Binny versuchte verzweifelt ihre Fesseln zu lösen und zerrte mit aller Gewalt daran. Doch es war nichts zu machen. Sie saßen einfach zu fest. Melchior und Oskar waren im Büro der Gauner verschwunden und nur die Hunde winselten leise. Sie fühlte sich sehr allein. Aber sie gab nicht auf.

Im Büro saßen währenddessen Fred und der dicke Ed gemütlich beim Kartenspiel. Melchior und Oskar sahen ihnen gespannt zu, aber es war nicht das Spiel, das sie interessierte. Sie warteten auf etwas ganz Bestimmtes.

Sie mussten nicht lange warten. Schon nach kurzer Zeit klingelte Freds Handy. Die beiden Geisterjungs schmunzelten und die beiden Ganoven lachten böse.

„Ha, wenn da mal nicht unsere nächste Belohnung anruft", sagte Fred und hob ab. „Hallo? Sie rufen bestimmt wegen Ihres Hundes an." Er grinste verschmitzt. Doch schon bald gefror ihm das Grinsen im Gesicht und der Mund blieb ihm offen stehen.

„Äh", machte er und schnaubte: „Was? Lagerhallen? Hermannstraße 4? Äh, ganz schlechte Verbindung." Und dann krächzte er ins Telefon: „Krrr, chchch, chhrr …", und legte schnell auf.

„Warum hast du denn aufgelegt?" Der dicke Ed sah ihn verwundert an.

Fred antwortete nicht. Er sah in seinem Handy nach den verschickten SMS und las fassungslos die letzte Nachricht vor: „Wir haben Ihren Hund. Kommen Sie an die Lagerhallen in der Hermannstraße 4." Er sah seinen Kumpel an. „Du hast unsere Adresse per SMS verschickt?", knurrte er gefährlich und brüllte dann los: „Bis du jetzt total bescheuert?"

„Für wie dämlich hältst du mich?" Ed hielt immer noch seine Karten in der Hand und sah aus, als wollte er gleich losheulen. Er war ja vielleicht nicht der Hellste. Aber so blöd war er dann doch nicht, dass er die

Adresse verraten würde, an der sie die ganzen Hunde versteckt hielten. Aber wer sollte es sonst gewesen sein?

Melchior und Oskar sahen sich an und kicherten. Natürlich hatte Ed die SMS nicht verschickt. Die Nachricht stammte von ihnen. Und Oskar hatte sie an alle im Handy gespeicherten Nummern versendet. Irgendeiner der Hundebesitzer würde bestimmt hier bei den Lagerhallen in der Hermannstraße auftauchen und Binny, Kaspar und die anderen Hunde befreien.

Die beiden hatten sich nicht verkalkuliert. Kaum hatte Ed den Mund zugemacht, da war draußen vor den Lagerhallen lautes Rufen zu hören. Entsetzt sahen sich die Männer an. Die Hundebesitzer rückten an.

„Lola!", rief ein Herr in einem Anorak draußen vor der Lagerhalle. Und er war nicht allein: Zwei Frauen standen schon bei Freds Lieferwagen und sahen sich suchend um.

„Hallo? Ist da jemand?", rief die eine.

„Haben Sie auch eine SMS bekommen, dass man Ihren Hund gefunden hat?", fragte der Mann.

„Ja", sagte sie. „Sie auch?"

Die drei blieben ziemlich ratlos vor dem Wagen stehen. Weit und breit war niemand mit ihren Hunden zu sehen. Die Sache kam ihnen sehr merkwürdig vor.

„Du bist so dämlich", schimpfte Fred. Er linste aus dem Fenster und beobachtete die Leute unten auf dem Hof. Natürlich glaubte er Ed kein Wort. Er war überzeugt davon, dass er die Adresse in seiner Dussligkeit in die SMS geschrieben hatte. Wer denn auch sonst? Geister vielleicht? Fred warf Ed eine große Sporttasche zu. „Wir haben jetzt keine Zeit für Diskussionen. Los, pack die Sachen zusammen. Wir müssen weg", rief er.

Die Sachen, das war in erster Linie ein Berg Geldscheine, ihr „Finderlohn", den sie mit ihren Betrügereien bei den Hundebesitzern abkassiert hatten. Die Beute hatten sie einfach lose in den großen Metallschrank im Büro gestopft. Eilig fingen sie an, ihn leer zu räumen.

Oskar und Melchior sahen den Ganoven schmunzelnd zu. Bis hierhin war ihr Plan aufgegangen. Doch viel weiter hatten sie noch nicht gedacht.

„Das Gelände hier ist riesig", sagte Oskar plötzlich zu Melchior. „Wer weiß, ob sie uns überhaupt finden." Und er fing an, laut zu rufen: „Hier sind wir! Hier oben!"

Melchior dachte nach. Natürlich, Oskar hatte recht. Die Hundebesitzer würden Binny nie und nimmer finden. Sie würden womöglich nicht mal suchen und die ganze Sache für einen bösen Scherz halten. Aber rufen ...?

„Hör auf, das hat doch keinen Sinn", sagte er zu Oskar. „Sie können uns sowieso nicht hören. Wir müssen sie irgendwie anders hierherlotsen ..."

„Lola ... Stella ..." Von draußen waren die Rufe der Hundebesitzer zu hören.

Melchior sah sich nach irgendetwas um, das er vielleicht mit seinem kleinen Finger in Bewegung setzen konnte. Etwas, das Lärm machte oder Unruhe stiftete, sodass die Hundebesitzer draußen darauf aufmerksam werden würden. Sein Blick fiel auf einen großen Ventilator, der auf dem Schreibtisch stand. Er lächelte.

„Ich bringe etwas frischen Wind in die ganze Sache", sagte er. „Oskar, du gehst rüber zu Binny und den Hunden und pfeifst, bis ihnen die Schlappohren abfallen. Dann werden sie Radau machen. Das werden die Hundebesitzer draußen auf jeden Fall hören."

Oskar grinste. Bis ihnen die Schlappohren abfallen … Das gefiel ihm. Er nickte eifrig und wollte sich auf den Weg machen. Doch die Tür war geschlossen. Fred hatte sie vorhin zugeworfen, damit sie ungestört ihre Beute einpacken konnten. Traurig sah er Melchior an, der bereits mit dem Ventilator beschäftigt war.

„Ich komm nicht raus“, flüsterte Oskar.

Melchior runzelte die Stirn. „Geh durch die Wand. Du kannst das“, sagte er. „Komm schon, Oskar. Glaub an dich.“

Oskar sah die Wand an, aber … wie sollte das gehen? Das war eine Mauer, fest und undurchdringlich. Wie sollte er einfach durch sie hindurchgehen können?

„Oskar, du schaffst das!“ Melchior lächelte ihm ermutigend zu.

Oskar zögerte. Immerhin hatte ihm Melchior schon ein paar prima Tricks gezeigt, und die hatten alle funktioniert. Aber durch die Wand gehen? Das traute er sich nicht zu.

„Mach es für Kaspar“, bat Melchior inständig. Er brauchte Oskar jetzt. Die Hunde mussten unbedingt anfangen zu bellen. Melchior beherrschte zwar eine Menge Geistertricks, aber so laut pfeifen wie der kleine Junge konnte er nicht.

Oskar stand still vor der Wand, dann gab er sich einen Ruck. Melchior hatte recht. Er musste Kaspar und Binny helfen. Entschlossen streckte er einen Arm aus und ging auf die Wand zu. Und siehe da … er konnte einfach hindurchgehen, als wäre sie Luft. Beziehungsweise, als wäre er Luft, was er ja irgendwie auch war. Geisterstaub flog glitzernd auf und dann tauchte Oskar auch schon auf der anderen Seite der Mauer in der großen Lagerhalle wieder auf.

„Ja“, flüsterte er und ballte die Faust. Er hatte es geschafft! Jetzt würde auch alles andere klappen, da war er sicher. Schnell rannte er zu Binny und Kaspar.

„Draußen sind die Hundebesitzer“, rief er Binny zu. „Wir müssen sie herlocken. Schrei, so laut du kannst.“

Er fing an, wie verrückt auf den Fingern zu pfeifen. Als die Hunde ihn hörten, begannen sie zu bellen und zu jaulen.

Binny sah Oskar verwundert an. Wie hatten die beiden es nur geschafft, die Hundebesitzer hierherzulocken? Aber sie dachte nicht lange darüber nach. Das konnten sie ihr nachher auch noch erzählen. Jetzt kam es erst einmal darauf an, hier mit heiler Haut wieder rauszukommen.

„Hilfe!“, schrie sie aus Leibeskräften. „Hiiilfeee! Wir sind hier!“

Die Hunde wurden von Oskars Pfiffen immer wilder. Sie bellten weiter und sprangen gegen das Gitter. Und was Binny vorhin mit dem Besenstiel nicht geschafft hatte, das schaffte schließlich der Ansturm der Hunde: Eine Schraube löste sich, dann noch eine und schließlich fiel der Stift heraus, der die Tür in den Angeln gehalten hatte. Stella, der schwarze Hund, sprang noch einmal mit den Pfoten dagegen und die Gittertür fiel krachend um. Die Hunde waren frei! Wie der Wind sausten sie aus dem Zwinger.

„Kaspar, komm hierher!“, rief Oskar. Endlich hatte er seinen geliebten Hund wieder. „Er hat jede Leine durchgekaut, die wir für ihn gekauft haben. Jetzt lasse ich ihn deine Fesseln durchbeißen“, erklärte er Binny.

Kaspar kam schwanzwedelnd vor Freude zu seinem Herrchen gelaufen und machte sich eifrig daran, die Leine durchzubeißen, mit der Binny gefesselt war. Es dauerte nicht lange und sie gab nach. Mit einem kräftigen Ruck zog Kaspar sie vollends von Binnys Handgelenken.

Binny atmete erleichtert auf und beeilte sich, auch die Fesseln an ihren Beinen zu lösen.

Während Oskar Binny mit Kaspars Hilfe befreite, brachte Melchior den Rotor des großen Ventilators zum Laufen. Er bot seine ganze Geisterkraft auf, bewegte seinen Arm immer schneller im Kreis und schließlich kam der Ventilator in Schwung. Immer schneller drehte er sich.

Die Ganoven waren noch dabei, den Schrank auszuräumen, als auf einmal die Geldscheine aufgewirbelt wurden und ihnen ins Gesicht flatterten.

„Oh nein", prustete Ed entsetzt und versuchte die Scheine festzuhalten. Aber es war zwecklos. Er und Fred standen in einem Wirbel aus Geldscheinen und wussten sich nicht zu helfen. Der Wind wurde immer stärker und beide Männer kämpften verzweifelt dagegen an. Und auf einmal bemerkten sie auch den Lärm, der aus der Lagerhalle drang. Die Hunde würden mit ihrem Gekläffe unweigerlich ihre Besitzer anlocken. Aber darum konnten sie sich jetzt nicht kümmern.

„Fred!", schrie Ed verzweifelt. „Schalt den Ventilator aus!"

Fred kämpfte sich gegen den Wind bis zur Steckdose vor.

„Das kann doch gar nicht sein!", rief er fassungslos und zeigte seinem Kumpel den Stecker. Er lag neben der Steckdose. „Das Ding ist ja noch nicht mal eingesteckt."

Melchior amüsierte sich köstlich über die beiden und sah zu, wie das ganze Geld vom Ventilator zum Fenster hinausgeblasen wurde.

„Das ist eindeutig Hundegebell. Aber wo kommt es her?", fragte der Besitzer von Lola. Er stand mit den anderen noch immer unten auf dem Hof.

„Stella, komm her!", rief Stellas Frauchen wieder und sah nach oben. Sie traute ihren Augen nicht. „Da", sagte sie tonlos und zeigte auf eines der Fenster, aus dem auf einmal eine Wolke von Geldscheinen flatterte. Und es flog immer mehr Geld heraus …

„Vergiss den Rest, wir müssen abhauen!", schrie Fred oben im Büro.

Ed grapschte noch wild nach ein paar herumflatternden Scheinen, dann gaben sie auf und rannten mit dem, was sie bereits in die Tasche gepackt hatten, aus dem Büro.

Aber sie hatten nicht mit Binny gerechnet. Kalt lächelnd trat sie im Lagerraum hinter einer Säule hervor und den beiden Ganoven entgegen. Fred sah sie verblüfft an. Was dachte sich das Mädchen bloß? War sie etwa der Meinung, sie könnte ihn und seinen Komplizen auch nur eine Sekunde lang an der Flucht hindern? Hätte er es nicht so eilig gehabt, wäre er vermutlich in ein fieses Gelächter ausgebrochen. Doch selbst der Gedanke daran verging ihm, als neben Binny auf einmal ein großer schwarzer Hund auftauchte. Er bellte und fletschte die Zähne. Eins war klar: Mit ihm war nicht zu spaßen.

„Ihr bleibt doch noch zum Essen?", fragte Binny sehr freundlich. „Stella hat Hunger. Großen Hunger."

Fred und Ed sahen sich an. Sollten sie etwa das Schnitzel für Stella sein? Das konnte doch nur ein Albtraum sein.

„Aaaaahhh!", schrien sie entsetzt.

Verlorene Spuren

Stella und die anderen Hunde hielten die Gauner in Schach, während Binny die Polizei verständigte. Sobald Fred oder Ed auch nur einen Mucks machten, fletschte Stella die Zähne und knurrte. An Flucht war nicht zu denken. Es dauerte nicht lange und die beiden wurden von zwei Polizisten in Handschellen abgeführt. Vor ihnen würden die Hunde dieser Stadt auf jeden Fall eine Weile sicher sein.

Nachdem sie weg waren, brachte Binny die Hunde zusammen mit Oskar und Melchior hinunter auf den Hof. Endlich hatten die Hundebesitzer ihre Lieblinge wohlbehalten zurück. Sie waren überglücklich und die Hunde tobten ausgelassen um sie herum.

Auch Kaspar war froh, sein Herrchen wiedergefunden zu haben, und versuchte an Oskars Schuh zu nagen.

„Kaspar, das kitzelt“, kicherte Oskar. Aber für Kaspar war es natürlich vergebliche Liebesmüh. Er konnte den Schuh nicht fassen. Schließlich rannte Oskar hinüber zu Stella, die brav bei ihrem Frauchen stand und sich ausgiebig streicheln ließ. Kaspar drängte sich sogleich an sie. Die beiden Hunde waren während ihrer Gefangenschaft offensichtlich dicke Freunde geworden.

„Wer bist du denn?“, fragte Stellas Besitzerin und lachte. „Na, das bricht einem ja das Herz, euch zu trennen.“

Das war Binnys Stichwort. Sie hatte sich schon früher einmal Gedanken darüber gemacht, was wohl mit Kaspar geschehen sollte, wenn sie ihn wiedergefunden hatten. Doch dann hatten sich die Ereignisse überschlagen, sie waren im Wagen der Hundeentführer gelandet und sie hatte andere Sorgen gehabt. Aber die Frage blieb: Was sollte mit Kaspar geschehen? Oskar war schließlich ein Geist, und auch wenn Kaspar ihn sehen konnte, andere Leute konnten es nicht. Außerdem konnte Oskar seinen Hund nicht versorgen.

Kaspar würde ein neues Zuhause brauchen, jetzt, wo sein Herrchen ein Geist geworden war.

Binny ging zu Stellas Besitzerin. „Man müsste die beiden ja nicht trennen", sagte sie. „Kaspar sucht ein neues Zuhause."

„Aha, Kaspar heißt er", meinte die Frau und sah dem jungen, gescheckten Hund zu, der um sie und ihre Stella herumsprang. „Kaspar?" Sie rief ihn zu sich und Kaspar gehorchte sofort.

Binny sah ihr an, dass sie sich schon fast in ihn verliebt hatte.

„Er ist total lieb. Und er kann auch schon ein paar Tricks." Binny zog es vor, nicht zu erwähnen, dass es sich bei den Tricks unter anderem darum handelte, Hundeleinen durchzubeißen.

Die Frau sah Binny an. „Warum nimmst du Kaspar denn nicht?"

Binny wurde rot und kam ins Stottern. „Ähh, ja … Ich kann nicht", sagte sie. „Ich darf nicht … und ich hab auch schon … was anderes."

Die Frau sah Binny immer noch forschend an, aber als Binny keine Anstalten machte, noch etwas zu sagen, gab sie sich einen Ruck. „Na gut. Da sucht man einen Hund und bekommt zwei zurück." Sie lachte.

„Auch nicht schlecht. Los, kommt!", rief sie den Hunden zu. „Komm, Kaspar. Komm mit."

Binny atmete auf. Wie hätte sie der Frau erklären sollen, dass ein Geist im Haus völlig ausreichend ist und sie nicht auch noch einen Hund brauchte? Das Problem von Kaspars neuem Zuhause hatte sich jedenfalls schneller erledigt, als sie gedacht hatte.

Binny und Melchior sahen den dreien zufrieden hinterher.

„Ich glaube, er hat ein gutes neues Zuhause gefunden", sagte Binny, nachdem sich Oskar von Kaspar verabschiedet hatte.

„Ja, das glaube ich auch", meinte Oskar und nickte. Er freute sich. Schließlich hatte er dank Binny und Melchior seine Aufgabe hier auf Erden erfüllt. Kaspar war befreit und in guten Händen gelandet.

Es war Zeit für ihn, Abschied zu nehmen. Er spürte, dass er nicht mehr viel Zeit hatte, um sich von seinen Freunden zu verabschieden.

„Ich muss jetzt gehen", sagte er ein bisschen wehmütig. Es wäre sicher auch ein Spaß gewesen, mit Binny und Melchior noch ein paar Abenteuer zu bestehen. Vor allem hätte er noch einige von Melchiors Geistertricks lernen können. Aber etwas hatte Melchior auch von ihm gelernt …

„Kannst du noch, was ich dir beigebracht habe?“, fragte er und grinste.

Melchior lachte und nickte. Dann klatschten sie sich ab und stießen die Faust gegeneinander, sodass der Geisterstaub nur so stob.

„Mach's gut, Kleiner“, sagte Melchior gerührt. „Du warst ein exzellentiöser Schüler.“

Oskar nahm es als Kompliment, auch wenn er sich nicht sicher war, was Melchior mit exzellentiös meinte.

„Tschüs, Oskar“, sagte Binny. Gerade noch rechtzeitig, denn auf einmal umgab Oskar ein helles Glänzen und Leuchten. Es schillerte um ihn herum in allen Regenbogenfarben und er wurde langsam durchsichtiger. Dann geschah das Gleiche, was mit Margarita von und zu Panke passiert war, nachdem sie ihren Mann Albert in guten Händen wusste. Ein leichtes Rauschen und ein Lufthauch erhoben sich und Oskar löste sich in dem glänzend hellen Lichtschein langsam auf.

„Tschüs!“, rief er und lachte. Binny und Melchior winkten ihm nach.

„Sag mal, was hast du eigentlich damit gemeint, du hättest schon ‚was anderes', als Stellas Besitzerin dich gefragt hat, warum du Kaspar nicht zu dir nimmst?", fragte Melchior, als Oskar endgültig verschwunden war.

„Och", machte Binny verlegen. „Gar nichts. Aber so ein Hund im Haus ..."

„Also, ich hätte nichts dagegen gehabt", meinte Melchior. „Früher hatten wir auch Hunde ... Für die Jagd und so."

„Na ja, dann wäre er nur dauernd durch dich hindurchgelaufen", sagte Binny schnell.

Melchior sah sie einen Augenblick scharf an. Dass sie sich solche Sorgen um ihn machte, kam ihm verdächtig vor. „Du hast recht", sagte er schließlich. „Das ist sehr aufmerksam von dir."

Binny fiel ein Stein vom Herzen. Sie war ganz froh, dass Melchior dieses ‚Ich hab schon was anderes' nicht auf sich bezog. Er wäre bestimmt wieder beleidigt gewesen.

„Ja, wie Sie sehen ... Wir haben eine Menge wunderschöne Dinge für Sie gefunden."

Während Binny und Melchior auf Gaunerjagd waren, hatten Wanda und Ronald draußen im Garten all das Gerümpel aufgebaut, das sie schon die ganze Zeit loswerden wollten. Da standen und lagen die Ritterrüstung, alte Stühle mit durchgebrochener Sitzfläche, Teppichklopfer, Körbe, die alte Milchkanne vom Dachboden … Und davor stand Herr Mayerhofer alias Bodo und nahm einen alten Schuh mit löchriger Sohle und die Milchkanne mit dem durchgerosteten Boden vom Gerümpelberg, um sie sofort angewidert wieder fallen zu lassen. Er warf Wanda und Ronald einen frostigen Blick zu und schleuderte willkürlich ein paar Kissen, einen Korb und einen Topf hinter sich. Offensichtlich war er ganz und gar nicht angetan von der Auswahl an sogenannten Antiquitäten. Doch plötzlich hielt er inne. Unter einem der Kissen lag die alte Schatulle von Melchiors Uhr.

Wanda schaltete blitzschnell. „Genau", sagte sie eilig und nahm die kleine Schachtel an sich. Es war offensichtlich, dass Bodo sich sehr dafür interessierte. „Die Uhrenschatulle …" Sie begutachtete die Bemalung und den Schlüssel, der am Boden in einer Einlassung steckte.

Bodo wurde ganz nervös. „Was wollen Sie dafür haben?", fragte er aufgeregt.

Wanda lächelte und sah Ronald an.

„Na ja … also …", stotterte Ronald. „Wir würden sie Ihnen natürlich wahnsinnig gern verkaufen. Aber …"

„… nur im Paketpreis", ergänzte Wanda und umfasste mit einem Blick den ganzen Ramsch, der vor ihr stand. Das war hoch gepokert, aber sie hatte so ein Gefühl, als würde Herr Mayerhofer einfach alles geben, um die Schatulle in seinen Besitz zu bringen.

Sie behielt recht. Bodo schluckte, aber er musste in den sauren Apfel beißen. Sein Herr würde ihm den Kopf abreißen, wenn er sich die Gelegenheit entgehen ließe, die Schachtel in die Hände zu bekommen. Also willigte er ein und begann das Gerümpel zu seinem uralten Transporter zu schleppen, den er vor dem schmiedeeisernen Eingangstor der Villa geparkt hatte.

Wenig später stand er, vollgepackt mit der letzten Ladung, vor Wanda und Ronald. Es lag zwar immer noch genug Gerümpel im Garten, aber mehr konnte er beim besten Willen nicht aufladen …

„Und Sie sind absolut sicher, dass Sie sonst nichts mehr möchten?" Ronald schaute Bodo unschuldig an und lud ihm noch einen letzten alten Regenschirm und ein altes Kissen auf.

„Ganz sicher. Danke." Bodo sah Binnys Eltern genervt an. Und für diesen Müll musste er auch noch

Geld bezahlen. Wann würden ihm die beiden Halsabschneider endlich die Schatulle geben? Wanda hielt sie immer noch in der Hand und lächelte freundlich.

„Hier“, sagte sie schließlich und legte sie oben auf seinen Stapel. „Ihre Schatulle.“

„Eine Freude, mit Ihnen Geschäfte zu machen“, sagte Bodo mit ärgerlichem Unterton.

„Das können wir nur zurückgeben“, erwiderte Ronald grinsend.

„Auf Wiedersehen.“ Wanda winkte vergnügt, als Bodo sich, schwankend unter seiner Last, auf den Weg machte.

Er war nur ein paar Schritte weit gekommen, als ihm gleich wieder ein paar der Sachen hinunterfielen. Die Milchkanne, der Schirm ... Dass auch die kleine Schatulle dabei war, bemerkte Bodo nicht. Eigentlich hätte er das Gerümpel liebend gern liegen gelassen.

„Oh, stopp!“, rief Ronald ihm hinterher. Er lud ihm alles wieder auf, inklusive der Schachtel.

„Danke. Wiedersehen.“ Bodo sah zu, dass er schleunigst wegkam.

„Jederzeit!“, rief Ronald ihm nach. Sobald der angebliche Antiquitätenhändler außer Sichtweite war, prustete er los und nahm Wanda in den Arm. Nie im Leben hätten die beiden gedacht, so viel von dem alten Gerümpel so billig loszuwerden. Ach, was heißt schon billig? Herr Mayerhofer hatte ja sogar noch dafür bezahlt.

Und die Schachtel? Binnys Eltern hatten ja keine Ahnung, was sie Bodo da mitgegeben hatten. Für sie war die Schatulle wertlos. Hübsch, aber wertlos. Sollte Herr Mayerhofer doch glücklich damit werden.

Bodo war mit seinen Schätzen inzwischen bis zu dem alten, schmiedeeisernen Tor der Villa gekommen. Ärgerlich stieß er das Gitter mit dem Fuß auf und wuchtete den Rest des Gerümpels mit letzter Kraft auf die vollgepackte Ladefläche seines Transporters. Die Schatulle nahm er mit nach vorne. Er stieg in dem Moment ein, als Binny und Melchior auf dem Nachhauseweg um die Ecke bogen.

Binny hatte ein schlechtes Gewissen, weil sie ihre Eltern beim Entrümpeln allein gelassen hatte. „Meine Eltern sind bestimmt sauer, weil ich so lange weg war ...", sagte sie und unterbrach sich mitten im Satz. „Aber ... Melchior ...", stotterte sie und zeigte auf Bodo.

„Das ist doch der Kerl vom Friedhof." Melchior blieb verblüfft stehen. „Der war beim Grab meiner Eltern."

Binny nickte. Sie sahen Bodo wegfahren und rannten los.

„Was habt ihr mit den Sachen vom Dachboden gemacht?" Atemlos stürmte Binny mit Melchior in die Eingangshalle der Villa.

Erstaunt drehten sich Wanda und Ronald um. Wanda dekorierte gerade wieder die alte Rüstung am Treppenaufgang. Sie war übrig geblieben, denn Herr Mayerhofer war unter keinen Umständen zu überreden gewesen, das alte Ding auch noch mitzunehmen.

„Du meinst, mit den Sachen, die *du* eigentlich aufräumen wolltest?", fragte sie ihre Tochter leicht säuerlich.

„Tut mir leid", erwiderte Binny eilig. „Aber ich musste wirklich dringend …"

„Jetzt mach dir mal keine Sorgen", unterbrach sie ihr Vater. Er war viel zu glücklich über seinen Verkaufserfolg, um ernstlich sauer auf Binny zu sein. „Wir haben das alles für dich erledigt *und* …" er hob triumphierend den Zeigefinger, „… das Gerümpel gewinnbringend verkauft."

Wanda und Ronald standen stolz vor ihrer Tochter.

Binny sah sie fassungslos an. „Oh nein", stöhnte sie und rannte nach oben, gefolgt von Melchior. Verdutzt sahen ihre Eltern ihr nach.

Auf dem Dachboden angekommen, suchten Binny und Melchior alles ab. Aber es war schnell klar, dass die Schatulle nicht mehr da war.

„Sie ist weg", flüsterte Binny irgendwann bedrückt. „Es tut mir leid, Melchior."

„Schon gut." Melchior stand da wie ein begossener Pudel. „Es war ja nur eine alte Schatulle." Aber es war ihm anzusehen, dass er die Sache nicht auf die leichte Schulter nahm. Auf diese Schatulle und den Schlüssel hatte er so viele Hoffnungen gesetzt. Bestimmt hätte er durch sie mehr über sich, seine Familie, die Uhr und die Uhrenjäger erfahren. Aber damit war es jetzt erst mal Schluss.

„Dieser Typ war eindeutig ein Uhrenjäger", sagte Binny aufgeregt und dachte an die Warnungen von Margarita von und zu Panke. „In unserem Haus … Ab jetzt müssen wir viel besser aufpassen."

„Wenn er die Schatulle hat, ist auch der Schlüssel weg. Das ist das Einzige, was uns auf die Spur hätte bringen können, um herauszufinden, was damals passiert ist … mit meinen Eltern."

„Wir finden eine neue Spur", versuchte Binny Melchior zu trösten. „Und das Wichtigste ist doch, dass die Uhr noch da ist und ich dich weiterhin sehen kann, oder?"

„Ja", sagte Melchior, aber er klang immer noch bedrückt. Doch lange hielt er das nicht aus. Er war einfach kein Kind von Traurigkeit. Nur einen Moment später lachte er leise auf. „Du hast wirklich Glück, dass du mich sehen kannst. Ich hingegen muss auf den Anblick meines grazilen Antlitzes schon seit Jahrzehnten verzichten. Wir Geister haben leider kein Spiegelbild." Damit trat er vor einen alten Spiegel, der auf wundersame Weise der Entrümpelungswut von Binnys Eltern entgangen war. Tatsächlich, kein Melchior. Nur der staubige Dachboden war zu sehen, und Binny, die neben ihm stand.

„Graziles Antlitz", schmunzelte sie. Ihr fiel ein Stein vom Herzen, dass Melchior schon wieder Scherze machte. Auf Dauer wäre ein trauriger Geist doch wesentlich schwerer zu ertragen als ein fröhlicher, auch wenn Melchior ihr mit seiner Selbstverliebtheit manchmal ganz schön auf die Nerven ging.

„Nach so langer Zeit kann einen die Erinnerung ganz schön täuschen", fuhr sie fort und betrachtete ihn. „Sag mal, bekommen Geister auch Pickel oder hast du den hier jetzt schon seit hundert Jahren?" Sie zeigte auf Melchiors Nasenspitze.

Melchior sah sie entsetzt an. „Du verulkst mich doch, oder?", rief er. „Das ist äußerst unfair."

Binny grinste und sagte nichts.

„Hab ich jetzt einen Pickel oder nicht? Das finde ich nicht amüsant."

„Nein, du hast recht", sagte Binny schließlich und machte eine Pause, bevor sie fortfuhr: „So ein großer Pickel ist auch echt nicht witzig."

„Binny!!", rief Melchior empört.

Draußen wurde es dunkel. Binny war froh, Melchior ein bisschen von dem Unglück mit der Schatulle ablenken zu können. Beide ahnten allerdings nicht, dass es durchaus noch eine Chance gab, hinter das Geheimnis von Melchiors Eltern und den Uhrenjägern zu kommen. Sie hatten Glück im Unglück: In den letzten Sonnenstrahlen, die in den Garten fielen, blinkte etwas im Licht geheimnisvoll auf. Es war genau die Stelle, an der Bodo die Schatulle und die Milchkanne heruntergefallen waren. Dabei musste sich unbemerkt der Schlüssel aus der Einlassung gelöst haben. Und jetzt lag er einsam im Gras unter einem Baum und wartete darauf, gefunden zu werden …

Es war nicht alles verloren. Im Gegenteil, alles war möglich. Binny und Melchior hatten noch jede Chance, das Rätsel der Uhr und der Uhrenjäger zu lösen. Sie mussten nur den Schlüssel finden. Aber bevor es so weit war, gab es für die Geisterdetektei noch jede Menge Fälle zu klären …